Pols Reise

Saskia Vester

Pols Reise

Roman

Kiepenheuer & Witsch

Umschlag: Robert Flörke, München
Satz: Compusatz GmbH, München
Druck und Bindearbeiten: May + Co, Darmstadt
ISBN 3 462 01677 6

I

Mir ist kalt.
»Kann ich Ihren schwarzen Pullover haben?« frage ich ihn. Er nickt freudig. Wenn der wüßte. Ich sage höflich danke. Wir sitzen bei einer Tasse Tee in seiner unbefleckten Wohnung. Vor mir, auf dem Tisch, seine Zeichenmappe. Was soll ich sagen. Ich finde die Bilder scheußlich. Aber der läßt nicht locker.
»Hier, das war meine Frau, so wie ich sie sah.«
»Das Bild gefällt mir«, sage ich, nur um etwas zu sagen. Seine Augen sind schmierig hinter seiner Brille. Was für eine Nacht, denke ich, während er fortfährt, seine Bilder zu erklären. Bei Toni stand er plötzlich neben mir und mystifizierte sich. Ich fand alles witzig, nach drei oder fünf Camparis. Er sah so düster drein, daß ich dachte, das könnte spannend werden. Dann, im Bett, schien der Mensch nur aus Ecken zu bestehen. Und stöhnte immer:
»O Weib, o Weib...« Das war auch noch witzig, worauf er: »Lach nicht, Weib!« Worauf dem Armen

der Schwanz rausrutschte, weil ich nicht mehr aufhörte zu lachen.
Jetzt muß ich mir dafür seine häßlichen Bilder ansehen. »... sehen Sie, hier habe ich das Bild verdorben durch den roten Kreis.« Er hat mich noch nicht gefragt, ob ich etwas essen möchte. Ich habe Hunger. »... man darf nie aufhören, sich zu prüfen. Man muß weiterarbeiten, weiterarbeiten. Ich hatte seit Jahren keine Erholung. Und die Fehler immer bei sich selber suchen.«
»Und woher nehmen Sie Ihre Inspiration?«
»Aus mir«, sagt er, »ich habe, jeder hat alles in sich.«
»Das klingt schön«, antworte ich und denke an seine vielen Knochen.
»Das ist auch schön, das ist das Göttliche.«
Ich frage ihn, ob ich noch eine Tasse Tee bekommen kann. Er schreibt seine Worte in die Luft, er spricht gar nicht mit mir.
»Was denken Sie in diesem Moment?« Plötzlich diese Frage, zum ersten Mal an mich gerichtet. Das ist unangenehm. Durch die Nacht fühle ich mich verpflichtet, ehrlich zu antworten. Das ist auch unangenehm.
»Ich denke... ich denke so rum an Ihren Worten.«
Damit habe ich nichts gesagt, aber ich bekunde trotzdem mein Interesse. Ich bin neugierig, ob er es bemerkt.
»Ja«, sinniert er weiter, »ich glaube an das Göttliche in mir... deshalb bringe ich mich nicht um.«
Das enttäuscht mich. Ich hätte ihm ein wenig mehr

zugetraut. Jetzt schweigt er. Wir schweigen beide. Sogar mit ihm zusammen zu schweigen, ist unangenehm. Ich ziehe seinen Pullover aus in dieser Stille.
»Was haben Sie vor?«
»Ich gehe jetzt.«
»Lassen Sie den Pullover an und bringen Sie ihn mir irgendwann.«
Das bestimmt nicht. Ich lasse den Pullover kommentarlos über dem Stuhl hängen und verabschiede mich.
Endlich draußen.
Es ist Herbst. Es riecht wie immer im Herbst. Ich fühle mich verdreckt und möchte mich schnell waschen. Ich möchte schnell vergessen.
Es ist Sonntag. Meine Beine laufen. Meine Beine hat ein Fremder angefaßt.
Es ist ein leerer Sonntag, an dem man ein totes Kind im Bauch hat.
Ich gehe über einen Platz, sonst ist hier Markt. Das Licht ist weich, jetzt. Das Licht erinnert mich an meinen Großvater. Meine Kinderhand in seiner großen Schaufel.
Dunkle Sonntagnachmittage, an denen es nach vermodertem Laub roch.
Langsam wird mir wärmer. Ich gehe und gehe und denke wenig. Es gibt wenig zu denken.
Zu Hause. Ich habe mich gewaschen, rieche wieder gut und sitze am Klavier. Das einzige Möbelstück in meiner fast leeren Wohnung, an dem Vergangenheiten haften. Ich möchte spielen, aber es wollen keine Töne kommen. Nach so einer Nacht können keine

Töne kommen. Diese Nacht. Was habe ich da gesucht. Einen Witz. Aber der Witz hat keine Pointe. Meine Finger sehen schön aus, auf den weißen Tasten.

Ich hole mir ein Bier aus dem Kühlschrank und setze mich auf den Balkon. Berufe raten. Ein älterer Mann kommt die Straße herunter. Kassenbrille. Leicht nach vorn gebeugter Gang. Sein Körper nach unten ausfließend. Braune Cordhose, helles Hemd, ungebügelt, schlampig in die Hose gesteckt. Darüber ein gemustertes Kaufhausjackett. Mittelgroße Schritte. Verwaltungsangestellter? Auf jeden Fall ohne Sinn für Karriere. Lebt alleine. Vielleicht Alkoholiker, heimlicher. Er biegt um die Ecke und ist verschwunden. Ich denke, wenn der wüßte, daß hier eine sitzt und sich Gedanken über ihn macht. Ich denke, vielleicht bin ich auch wo gelaufen und jemand hat sich Gedanken über mich gemacht. Ich denke, wieviel Gedanken an einem Tag gedacht werden und sinnlos verfliegen. Sinnlos. Was weiß man schon...

Plötzlich klingelt es. Wer sollte das sein? Ich überlege mir, ob ich überhaupt aufmachen soll. Meine Neugierde siegt. Es ist halb drei.

»Das ist ja was! Wo kommst du denn her?«

Willi. Willi aus Wien. Er hält mir eine Flasche Wein vor die Nase und sagt, er sei auf der Durchreise nach Düsseldorf. Ich freue mich, ihn zu sehen. Das ist einer, der immer vertraut bleiben wird.

Rauchend, mit einem Glas Wein in der Hand, liegen wir auf dem Bett und plätschern. Wie-die-Zeit-ver-

geht und soviel-und-gar-nichts-ist-passiert. Vor einem halben Jahr sahen wir uns zuletzt. Ich hatte mich gerade von R. getrennt und kam nach Wien, um mich auszuruhen. Trost. Willi ist ein großer, schwerer Mann.
»Ich hatte mich so gefreut, als du kamst. Und dann das Essen beim Chinesen. War schön«, erzählt er, »und dann, zu Hause, erinnerst du dich? Dann hast du gesagt, du magst nicht mit mir vögeln ... ich habe mich verdammt ausgenutzt gefühlt.«
»Das verstehe ich.« Ich verstehe es wirklich. Aber es ist nichts weiter dazu zu sagen. Ich sehe ihn an. Er hat wieder den gequälten Zug um den Mund. Wirklich leicht habe ich ihn nur in Griechenland erlebt. Als wir vor zwei Jahren auf den Inseln Ferien machten. Es ist ein schönes Gefühl, daß mich ein Mann liebt. Egal welcher. Fast egal.
»... ich war sehr bös dann zu dir, was? Weiß ich. Aber ich konnte nicht anders damit umgehen«, sagt er gerade. Und mir wird plötzlich zum Heulen. Umgehen. Immer müssen wir mit etwas »umgehen«. Das ist anstrengend verlogen. Diese Nacht, drei Jahre mit R. umgehen. Um-gehen. Mich umgehen.
»Wie geht es dir?« fragt er.
»Ich glaube, verzweifelt.« Das will er nicht hören, ich riskiere es trotzdem.
»Weil du nichts zu arbeiten hast?« Ich muß lachen.
»Nein«, antworte ich, »höchstens, weil ich mir so wenig bedeute, ohne Arbeit.«
Ich erzähle ihm von dem Abend gestern, von der

Nacht. Mein Erlebtes kränkt ihn. Während ich mir neu einschenke, denke ich, Männer kränkt es, wenn man kalt von anderen Männern spricht. Es ist mir ein Rätsel, was er an mir liebt. Es ist mir ein Rätsel, was Männer an Frauen lieben. Denn das, was sie lieben, scheint ihnen zu viel Angst zu machen. Ich weiß nichts.

Der Wein macht mich schnell betrunken. Ich lenke ab, wie oft, und frage ihn nach Berufskram. Er erzählt. Das ist gut. Sein Bemühen ist gescheitert. Deshalb fährt er nach Düsseldorf, um neue Kontakte zu knüpfen. Ich höre ihn gerne reden. Seinen Wiener Akzent. Er ist auch verzweifelt.

»Kampf kann nicht umsonst sein«, sage ich lapidar.

»Ja«, antwortet er, »nur wozu? Nach unserem Tod erinnert sich kein Schwein an uns. Was weiß ich…«

Wie recht er hat, diesen Gedanken habe ich so oft gehabt, daß er mich anödet. Es ödet mich an, mich verewigen zu wollen.

Ich nehme den großen Willi in meine Arme. Nicht mehr reden. Nicht so. Ich küsse ihn auf seinen weichen Mund. Ich küsse jeden seiner Finger. Er hat Hände wie ein großes Kind.

»Ich finde auch keinen Sinn«, sage ich, »aber vielleicht muß man ihn gar nicht finden.«

Er sieht mir hilflos in die Augen, ich fühle mich stark. Für einen Moment erkenne ich die Lügen. Unsere Hände spielen miteinander. Mein Zeigefinger küßt seinen Daumen.

»Tsching!«

Er steckt mir seinen kleinen Finger in den Mund, langsam lasse ich meine Zunge um ihn kreisen.
»Willst du mich verführen?« grinst er.
»Natürlich, aber ich vögel nicht mit dir.«
Wir müssen beide darüber lachen. Endlich können wir uns prügeln.
Der Nachmittag war schön mit ihm. Wir haben nur noch Blödheiten gesagt. Diesmal ging es gut.

Leider wache ich jeden Morgen auf. Das Schönste am Leben, scheint mir manchmal das Schlafen zu sein. Schlafen. Schlafen. Beruhigt-sein.

Das Telefon klingelt. Es schraubt sich in meine verschlafenen Ohren, als wollte es mein Hirn sprengen. Verärgert strecke ich die Hand aus und ziehe es mir ans Bett.
»Ja...«
»Hallo, Pol!« Katja, mein Zeitvertreib.
»Wie geht's«, fragt sie gähnend.
»Du hast mich geweckt!«
»Soll ich wieder auflegen?«
»Nein, schon gut. Wieviel Uhr ist es?«
»Nach zwölf«, wieder gähnt sie.
»Wo warst du gestern nacht?«
»Warum?«
»Weil du Gähnkrämpfe hast.«
»Nein«, lacht sie, »ich habe endlich mal wieder geschlafen. Das macht müde.«
»Stimmt.« Ich spiele mit meinen Füßen Zwei-Tanten-telefonieren.

»Hast du was vor, heute abend?« möchte sie wissen.
»Nein, ich weiß nichts, du?«
»Auch nicht.« Sie geht mir auf die Nerven, wenn sie nichts mit sich anzufangen weiß. Das ist ansteckend.
»Na gut, ruf mich an, wenn du etwas unternimmst.«
»Ja, bis dann.«
»Bis dann.« Wir legen auf, und die Leere ist zum Schneiden dick. In meinem Zimmer stapelt sich der Abfall. Ich drehe mich zur Wand und schlafe weiter.

Ich suche eine Musik. Eine bestimmte. Ich erinnere mich an eine bestimmte Melodie. Spanisch, hart und aggressiv, nicht klassisch. Ich höre mir verschiedene Gitarrenstücke an, bis mir einfällt, keine Gitarre, sondern ein ganzes Orchester. Der Mensch hinter der Plattentheke wird langsam unhöflich. Unsympathischer Kleiderbügel. Dunkel, Schnurrbart, schmale Schultern. Ich würde ihn gerne ärgern. Er sagt:
»Ich glaube kaum, daß wir das haben, was Sie suchen.« Er verkündet das so spitz er kann. Und dreht mir seinen eingeklemmten Rücken zu.
»Wenn Sie nur zwei spanische Platten in Ihrem Laden haben, kann ich es auch schwer finden.« Das war schwach. Ich verlasse geschlagen das Geschäft.
»Wiedersehen«, knalle ich ihm hinterher, das macht es auch nicht besser. Und er schweigt.
Ganz früh stand ich im Arbeitsamt. Ich habe drei Stunden damit verbracht, bleiche, rote, graue Menschen zu betrachten. Danach sagt mir eine kalte, faltige Frau, daß mir der Versicherungsnachweis feh-

le. Versicherungsnachweis. Darauf kann sich ein Mensch nur noch betrinken. Mit einer geballten Faust im Bauch verließ ich das Gebäude. Nicht einmal einer da zum Erschlagen, also zog ich durch die Geschäfte, um mir etwas zu schenken. Zwei Paar weiße Socken. Frische Socken, die die Dreckwäsche zu Hause vergessen ließen. Meine spanische Musik fand ich nirgends.

Jetzt gebe ich den Tag auf und spaziere zum Café, in dem Joschko arbeitet, in dem viele meiner Feinde verkehren. Heute ist keiner von ihnen hier, stelle ich beim Eintreten fest. Das enttäuscht mich fast.

Joschko strahlt, als er mich sieht. Er rührt mich an mit seiner langen weißen Schürze und dem abgearbeiteten Gesicht.

»Weißt du schon von Bruno...« fragt er mich, während er Gläser spült.

»Welcher Bruno?«

»Der Bruno aus der Metzgerei gegenüber.«

»Ach der. Nein, was?« Es gab eine Zeit, da war Joschko verliebt in ihn.

»Stell dir vor, der hat sich letzte Nacht umgebracht!«

Umgebracht. Der hat den Mut gehabt, denke ich. Und staune. Da ist nichts fühlbar. Ich blicke auf Joschko. Seine Gläser nehmen ihn ganz in Anspruch. Er wird in sich hineinschmerzen. Weiß er, was schmerzt? Jetzt wird man wieder sagen: Hätten wir doch... und man ist froh, so nah dabei zu sein.

»Weiß man warum?«

»Nein. Nichts. Kein Brief, nichts. Einfach so.«

Einfach so. Einfach so nicht. Man weiß nichts. Man weiß nie etwas. Heute, denke ich, heute ist wieder so ein Tag, an dem es krachen sollte, daß die Welt zu stinken aufhört. Ich lasse mir von Joschko einen Campari-Soda geben.
»Komm, Joschko, ich gebe dir einen aus, laß uns auf Bruno anstoßen.«
Er gießt sich einen Schluck Whisky in ein Schnapsglas. Jetzt lacht er wieder.
»Prost, auf die Toten«, sagt er.
Auf die Toten, ja, und auf die Lebenden, denke ich. Der Campari ist freundlich mit mir. Langsam verläßt mich die Wut. Plötzlich sehe ich im Spiegel Strawitz hereinkommen. Strawitz, mein Feind. Ich drehe mich um, um ihm zu zeigen, daß ich ihn bemerkt habe. Nur kurz streift mich sein Blick. Und Joschko grinst. Alle kennen diese Geschichte. Vor fünf (oder wieviel?) Jahren übernachtete Strawitz bei mir, wie Bruder und Schwester schliefen wir nebeneinander. Später hörte ich die verquollenen Sachen, die er über mich verbreitete.
Eines Nachts traf ich ihn auf der Straße. Ich kam gerade von Menschengewimmel und hatte den Kopf voller Gerede. Wenigstens den Wein gab es umsonst.
»Strawitz, komm her, daß ich dir eine knallen kann«, rief ich. Wir schrien uns an, er kam, die Hand rutschte mir aus, er schlug zurück, und schließlich prügelten wir uns, bis einer aus einem Fenster »Ruhe, sonst hole ich die Polizei« brüllte. Seither: kalter Krieg.

Jetzt hat er sich mit dem Rücken zu mir an die Bar gesetzt. Joschko gibt mir ein Zeichen: Los, geh rüber und zeig's ihm. Voyeur, denke ich. Neulich sagte er mir, er gebe sich noch ein halbes Jahr. Wenn dann nichts in seinem Leben passiert sei, würde er Seemann werden. Also gut, er soll seinen Spaß haben. Mit dem Glas in der Hand stelle ich mich vor Strawitz und sage:
»Weißt du, daß du mein Lieblingsfeind bist?«
Er sieht mich so verdutzt an, daß ich lachen muß. Joschko pfeift vor sich hin, und Strawitz ist stumm.
»Komm, Strawitz, stell dich.« Er sieht betreten weg.
»Hau ab«, nuschelt er. Er hat kein Niveau, finde ich, ›hau ab‹ ist zu leicht gesagt. Aber wo da noch zupacken?
»Ich möchte jetzt den Grund wissen.«
»Du schmeckst mir einfach nicht.« Wie ich ihn mir so ansehe, denke ich, Feinde sind erotisch.
»Das weiß ich, aber der Grund!« beharre ich. Vielleicht hätten wir damals doch vögeln sollen.
»Warum sollte ich ihn nennen?« Ach ja, der Grund.
»Warum nicht?«
Er verdreht theatralisch gelangweilt die Augen.
»Also, ich finde dich falsch, eingebildet, dumm, noch was?« Das ist immerhin etwas, und ich habe noch nicht genug. Zwei Paar weiße Socken sind zu wenig für so einen Tag.
»Warum«, frage ich, »wir kennen uns doch kaum...«
»Ich kenne zum Beispiel das, was du Karl getan hast.«

»Was habe ich denn Karl getan?« Karl ist sein Freund. Wir waren ein unglückliches Dreieck, damals, Karl, R. und ich, bis ich Tabletten nahm, um drei Tage zu schlafen und mich dann für R. entschied. Geschichten, so lange her, daß ich nichts mehr damit zu tun habe.
»... mit ihm oberflächlich gespielt«, sagt Strawitz gerade. Mir wird schwindlig. Was gehen mich solche Worte an?
»Du hast zu viel Courts-Mahler im Kopf«, höre ich mich unsympathisch sagen, »wenn du urteilst, mußt du auch die andere Seite hören.« Er könnte recht haben mit oberflächlich. Man darf nicht oberflächlich sein. Man darf nicht dumm sein. Man tut das nicht. Man tut... Hühnerbrüstchen, tüt tüt – es sollte mir egal sein, wenn ich jemandes Erwartungen nicht erfülle.
»Du hast ihm aber Hoffnungen gemacht.« Jetzt habe ich endlich genug Blödheiten gehört.
»Hoffnungen kann man einem nicht machen, wenn der sie nicht selber will«, sage ich. »Joschko, zahlen!« Schwankend laufe ich nach Hause. Ich bin selber schuld. Ich habe einen Geruch nach Pisse in meiner Nase. Das war billig. Dieser Tag war billig. Ein Bruno hat sich zum Beispiel umgebracht. Dieser Tag wird, wie so viele, auf dem Müll landen. Es ist dunkel geworden. Überall brennen Lichter. Die Geschäfte schließen gerade. Ich habe zwei Paar weiße Socken. Ich atme tief durch. Autos hupen, Menschen gehen wohin, von Nirgendwo nach Nirgendwo. Jetzt, den-

ke ich, jetzt müßte doch einmal etwas passieren, daß diese Leere aufhört. Das kann doch nicht ewig so weitergehen.
Ich stehe vor einem Billardsalon. Durch die Scheibe sehe ich fünf, sechs Tische, nicht alle sind besetzt. Nichts wartet auf mich. Ich stehe lange da und beobachte das lautlose Treiben. Mein Großvater hatte einen Billardtisch in seinem Haus stehen. Er hob mich auf die Bande und zeigte mir, wie ich den Queue halten soll. Er roch nach Schnupftabak. Wenn ich eine Kugel versenkte, bekam ich zehn Pfennig, wenn die Schwarze fiel, mußte ich aus dem Stegreif etwas dichten. Die Schwarze fällt – ich hab kein Geld – drum muß ich dichten – du darfst nicht richten. Und wir begannen ein neues Spiel. Er lehrte mich gewinnen müssen. Gewinnen. Nur Gewinner bringen es weit. Also – Kasino. Black-Jack. Zocken. Und Billard war lange vergessen. Wie ich die Männer da drinnen sehe, überkommt mich auf einmal die Lust, es wieder zu probieren.
Ich gehe hinein und bestelle meinen Campari-Soda und sehe den Männern beim Spiel zu. Klack-klack-klack, das vertraute Geräusch, wenn eine Kugel fällt. Ich werde kaum wahrgenommen. Das ist angenehm. Das fahle, weiße Licht läßt die Gesichtszüge der Spieler fast unwirklich erscheinen. Als blickte ich in trübe Spiegel.
Langsam hebt sich wieder mein Alkoholspiegel. Das angenehme Gefühl von Nichts-berührt-mich macht sich in mir breit.

»Wollen wir ein Spiel machen?« Ich drehe mich um. Da lehnt einer in der Ecke. Ich kann sein Gesicht kaum sehen, wo er steht, nur sein Glas in der Hand leuchtet hell. Es ist mir gleich, ob er das ernst meinte. Ich sage einfach »ja«. Er holt eine weiße Kugel. Jetzt kann ich ihn betrachten. Er ist kaum größer als ich, dunkel. Seine Bewegungen sind aufreizend langsam. Er sieht aus, als habe er nie gelacht. Er sieht aus, als wäre er nie jung gewesen und würde nie altern. Wir fangen an zu spielen.
Nach meinen ersten Stößen sieht er mich überrascht an. Das schmeichelt. Er spielt besser. Mathematiker. Ich zünde mir eine Zigarette an und beobachte ihn, wie er konzentriert versunken seine Stöße berechnet. Exakt trifft sein Queue die Weiße, über zwei Banden schießt sie die Kugel ins Loch. Klack-klack-klack, er sieht mich kalt an, ich bin dran. Er ist dran. Ich bin dran... kein Wort fällt zwischen uns. Ab und zu ein anerkennender Blick, wenn der andere besonders sauber eine Kugel trifft.
Klack-klack-klack. Zigarette, er gibt mir Feuer mit gleichgültigen Augen. Wir kämpfen schweigend. Der glatte Stab in meiner Hand, die Spitze auf den Zielpunkt einer Kugel gerichtet, bereit zum Abschuß. Selten verbindet sich der richtige Moment mit dem richtigen Zielpunkt. Ich kenne kaum ein schöneres Gefühl als den Augenblick, in dem sich Berechnung und Zeitpunkt zum einzig richtigen Stoß verschmelzen. Zack – der Blitz im All spritzt ab. Langsam nehme ich nichts mehr um mich wahr. Nur ein

Er, ich und das Billard. Dazwischen ein Schluck zur Abkühlung. Die ersten zwei Spiele verliere ich. Seine Gelassenheit provoziert mich, und mein Spiel wird verbissener.

»Das Wichtige beim Billard ist die innere Ruhe«, sagte mein Großvater, womit er mich ewig verärgerte. Der hier erinnert mich daran. Das dritte Spiel verliere ich haushoch. Ich bin nüchtern geworden und habe kein Zeitgefühl mehr.

»Machen wir eine Pause«, schlägt er plötzlich vor. Ich glaube, das ist erst der zweite Satz, den er zu mir sagt. Seine Stimme klingt reizvoll versoffen. Um uns ist es voller geworden. Verrauchter. Fast nur Männer. Ich gehe auf die Toilette, um mich schön zu machen. Mein Gesicht sieht mir fremd und bleich aus dem Spiegel entgegen. Ich lehne einen kurzen Moment meine Stirn gegen das kühle Glas. Mir fällt ein, daß ich lange nichts mehr gegessen habe. Was der wohl für einer ist. Mit dem Lippenstift bringe ich etwas Farbe auf meine Wangen. So gestärkt verlasse ich die Toilette.

»Ich habe uns zwei Kaffee bestellt«, sagt er, als ich mich neben ihn an die Theke stelle. Kein Wenn und Aber. Das gefällt mir. Kein verlegenes Wie-heißt-Du-ich-heiße-so. Wir lehnen an der Theke, genießen den heißen Kaffee, keiner spricht ein Wort, und ich greife da nicht ein. Wenn er mich ansieht, sieht er mich an. Das aber selten. Er ist kein interessanter Mann, kein schöner, nur seine Verschlossenheit macht mich neugierig. Ich kann ihn mir schwer beim

Vögeln vorstellen. Die Ärmel seines grauen Pullovers sind zurückgeschoben. Er hat sehnige, dunkel behaarte Unterarme. Mich überkommt das starke Verlangen, darüber zu streichen.
»Wo hast du das gelernt?« möchte er wissen. Sein Blick verunsichert. Die Augen so dunkel, daß ich kaum den Unterschied von Iris und Pupille sehe. Es ist, als blicke er ohne Zensur in mein Hirn, während er unerkannt bleibt.
»Von meinem Großvater.« Ich spüre mein Herz klopfen.
»Du spielst gut.«
»Du noch besser«, entgegne ich, »mein Herz klopft so!«
»Das ist der Kaffee. Laß uns gehen.«
Ich frage nichts. Es gibt nichts zu fragen. Treiben. Einfach sich treiben lassen. Jetzt wünsche ich mir gar nichts. Höchstens mal einen hübschen Grabstein.
Er. Ich kenne nicht einmal seinen Namen. Während wir entschlossen (zu was?) nebeneinander hergehen, spüre ich noch immer unseren Kampf beim Billard. Aber Kampf, bei dem ich entspannt unterliegen kann. Als sei es bei dem hier unwichtig zu gewinnen. Es scheint bei dem überhaupt nichts wichtig zu sein. Nicht einmal Worte. Jetzt haben wir den Park erreicht. Dunkel und groß heben sich die Bäume von dem klaren Nachthimmel ab. Was sollte man fürchten...
»In Spanien habe ich eine Mühle«, erzählt er plötzlich, »ich fahre jedes Jahr hin und renoviere ein

Stück«, was macht einer in Spanien mit einer kaputten Mühle, schießt mir durch den Kopf.
»...sie ist wohl fertig, wenn ich mit einem Fuß im Grab stehe.«
Jetzt lacht er, und ich kann ihn nicht sehen. Sein Lachen klingt jung. Unerwartet jung.
»Hast du noch Herzklopfen?«
»Nein, jetzt ist mir kalt.«
Er hüllt mich in seinen Mantel ein. Unausweichlich. Ich spüre seine Muskeln beim Gehen. Seinen fremden warmen Körper. Er ist mir zu nah so.
Eine Kirche läutet. Wir bleiben stehen, um die Schläge zu zählen. Elf Uhr. Ich frage ihn, wovon er lebt.
»Vom Schmuggeln.« Nichts weiter. Nur: Schmuggeln. Das klingt so albern, daß ich lachen muß. Er fällt in mein Lachen ein. Deshalb könnte ich es ihm fast glauben.
Ich bin in Scheiße getreten. Er fragt:
»Mit dem rechten Fuß?«
»Ja.«
»Das bringt Glück.« Während ich mir den Fuß im feuchten Gras abwische, stützt er mich. Seine Hand fühlt sich rauh und hart an. Ich stelle mir seinen Schwanz vor. Wo wollen wir eigentlich hin. Ich frage mich, was er sucht, wenn er etwas sucht. Ich frage mich, was ich suche. Die Regeln? Vielleicht sollte man alles zur Unordnung erklären und dabei belassen.
Ich habe ihm den Abend anvertraut, weil ich nichts

gesucht habe. Zwei Paar weiße Socken und nichts zu verlieren.
»Wie fühlst du dich gerade jetzt?« frage ich in die Fremde.
»Ich habe meist das Gefühl, kein Echo zu bekommen. So etwa.« Das ist mir vertraut wie mein Kinderzimmer.
»Jetzt auch?« möchte ich wissen.
»Jetzt auch, vorhin nicht«, antwortet er.
»Vorhin, beim Billard?«
»Ja. Zigarette?«
»Ja.« Er raucht Filterlose.
Vorhin waren wir eins in der Konzentration. Jetzt haben wir Vergangenheiten. Jeder seine. Jeder in seiner unwiderrufbar verhaftet. Nicht gerade lästig, eher wie ein Trampelpfad im Urwald, den keiner verlassen kann.
Er hat ohne Verzierung geantwortet, das hält mich bei mir. »Du hast wenig Überflüssiges an dir«, stelle ich laut fest.
»Ich habe viel bezahlt dafür«, antwortet er eine Ewigkeit später.
Ich beschließe, der neben mir ist kein Fremder. Diese Nacht. Oder diesen Abend. Wir müssen nicht vögeln gehen. Mir wird leicht, ich vergesse...
Später stehen wir vor seinem Haus. Er hat aufgesperrt und hält mir die Tür auf. Sagt nichts weiter als: »Ich warne dich, fünfter Stock, ohne Aufzug!«
Aus dem Eingang quillt muffiges Dunkel. Altes Haus, eingeklemmt zwischen zwei Nachkriegsbau-

ten. Die Straße menschenleer. Nur er und ich. Aus dem Lokal, ein paar Häuser weiter, dringen schüchterne Geräuschfetzen. Jetzt fürchte ich Wirklichkeiten. Der fahle Geschmack, sich in einer fremden Wohnung wiederzufinden. Ich denke an den eckigen Maler. Da war ich immerhin betrunken. Ich lerne nichts. Hinter uns fällt die Tür ins Schloß.

Seine Wohnung hat mich angenehm empfangen. Überall Chaos, umgeben von kahlen Wänden. Der einzige Schmuck: zwei Bilder seiner Mühle im Schlafzimmer. Er ließ mich in Ruhe herumschnüffeln.

»Willst du etwas trinken?« rief er aus der Küche, während ich verständnislos die verpackten elektronischen Geräte in einem der drei Zimmer betrachtete.

»Was hast du denn?«

»Nur Whisky und Wasser«, antwortete er.

»Dann nehme ich Whisky mit Wasser.«

Sein Lachen lockte mich an. Ich ging in die Küche und sah ihm beim Mixen zu. Jede seiner Bewegungen wirkte, als sei sie vorher genau durchdacht. Das ließ ihn provozierend langsam wirken. Gluck-gluck-gluck, der Whisky rollte, er schien das Geräusch zu genießen.

»Prost«, sagte er, »fühl dich wie zu Hause.«

Ich mag gar keinen Whisky.

»Was sind das für Kisten, in dem einen Zimmer?« fragte ich.

»Das sind die Geschäfte«, antwortete er und grinste. Nicht schlecht, gerade weil er mich nur vermuten ließ.

»Daß du das so sagst... du kennst mich nicht!«

»Soweit schon«, meinte er. In dem Fall wäre es zu unwichtig gewesen zu kontern.
Jetzt standen wir uns in seiner Küche gegenüber, er lehnte am Spülstein, ich an der Wand. Und schwiegen. Jeder versunken in seinen Whisky. Wir schwiegen sehr laut.
»Wie heißt du?« unterbrach er unsere Kraftprobe.
»Pol«, antwortete ich.
»Nordpol? Wie angenehm.«
»Idiot!« Ich schnalzte mit meinem Finger ein paar Tropfen aus dem Glas in seine Richtung. Der Bann war gebrochen.
»Wenn wir jetzt in Amerika wären, könnten wir uns aufs Bett legen und einen Western im Fernsehen anschauen«, meinte er darauf. Er wurde immer sympathischer. Langsam war mir wohlig.
»Und du?« wollte ich wissen.
»Was?«
»Dein Name...«
»Werner.« Werner. Werner ist mir fremd. Werner hatte ich noch keinen gehabt. Nicht annähernd.
»Ich muß jetzt etwas essen, sonst falle ich um«, sagte ich. Er hatte nur Brot und alten Käse in seinem Kühlschrank. Wir setzten uns an seinen Tisch und probierten Käse mit Tabasco, Käse mit Ketch-up, Käse mit Senf. Käse mit Ketch-up war nicht übel, das andere schmeckte mir scheußlich. Aber ich war gesättigt.
»Sieh mich an«, sagt er, während er in mich eindringt. In meinen Ohren rauscht Blut. Wir sind er-

barmungslos. Verlangen. Hart und tief stößt sein Schwanz in mich, während seine Hand leicht auf meiner Kehle liegt. Wütend kämpfen wir gegen unsere Fremdheit. Ich bin eng, meine Kälte ernüchtert mich fast. Ihn auch. Und während sich unsere Körper verbissen suchen, werden unsere Augen, wie aus Versehen, weich. Weich und vorsichtig küssen sich unsere Augen, unsere Münder, unsere Adern. Und endlich können wir ineinander fallen. Weit ineinander. Vergessend. Nur noch schwitzende Haut sein und Verschmelzen. Diese Nacht nimmt kein Ende. Ich liege noch lange wach und beobachte seinen fremden Schlaf. Fremder Atem, der mir nicht gehört. Ich fühle mich voll und einsam. Ich denke nach. Ich denke an Einsamkeiten. Die Einsamkeit des Atems, der Wut, des Spielens. Auf einmal fällt mir Hamburg ein: Hamburg, Spielkasino, Black-Jack. Ich hatte von Hamburg nichts gesehen, verbrachte jede Nacht bei den Karten. Verloren, gewonnen, verloren, der Charme der Kartengeber, um einen bei Laune zu halten.

Der letzte Abend. Mit leeren Taschen ging ich über regennasse Straßen. Gähnend leer auch in mir.

Als ich endlich im Auto saß, der immer wieder feste Vorsatz, meinem Leben eine Ordnung zu geben. Die Stadt schlief, und in mir schrie alles danach, an der Ordnung derer, die jetzt traumfern in ihren Betten lagen, teilhaben zu dürfen. Keine grenzenlos erschöpfenden Ausuferungen mehr. Keine Sehnsucht mehr, den Dingen bis zum Ende nachzugehen. Mich

an die Hand nehmen und Ruhe in meinen Kopf bekommen.
Andere Herbsttage fallen mir ein. Bilder mit R. auf Sylt. Dieses quälende Nicht-zueinander-kommen. Endlose Wortstürme und Streitereien. Als ich mir, schon halb im Wahn, die Wange mit einem Stein aufschlug, nur um einen anderen Schmerz zu spüren.
Und ich denke an Joschko, den toten Bruno, an Katja, Strawitz und die anderen, die man kennt. Man. Man kennt sich. Und man langweilt sich.
Langsam wird es hell. Ich möchte die Fenster aufreißen, daß die frische Morgenluft hereinströmt.
Ich beuge mich über ihn und küsse ihn auf seinen schlafweichen Mund. Verschlafen legt er den Arm um mich und zieht mich an sich. Ich falle in tiefen, traumlosen Schlaf.
Da streicht mir etwas Weiches über das Gesicht. Das Schlafen zieht sich zurück, ich tauche verwundert auf. Er lächelt. Seine Augen lächeln.
»Aufwachen, du Schönes!«
Wohlig strecke ich mich. Die Erinnerung läßt meinen Kopf schnell klar werden. Ich küsse seine Hände. Wir sind scheu miteinander. Als hätten wir beide Angst, der Tag müsse jetzt die Nacht erklären.
Ich lasse mir Zeit mit dem Aufstehen, höre beruhigt den Geräuschen aus der Küche zu. Kein hastiges Tut-mir-leid-ich-muß-jetzt-weg. Irgendwo in der Wohnung spielt jetzt Musik. Ohne Denken im Kopf stehe ich auf und gehe ins Bad.
Er hat den Tisch gedeckt. Sein Gesicht leuchtet ent-

spannt, das kenne ich jetzt von seinem Schlafen. Ich sitze in seinem Morgenmantel am Tisch, wir reden kaum ein Wort. Wie ich ihn mir so ansehe in seinem Unterhemd und Baumwollhosen, wirkt er wie ein Arbeiter, der gleich auf den Bau geht. Seine Geschäftigkeit am Herd rührt mich. Eierkochen, Kaffee aufgießen, im Toaster raucht das Brot, die Eier fallen krachend in den Spülstein, als er das Wasser abgießen will.

»Scheiße!«

Wir sehen uns an und lachen.

»Die Eier hast du mir gestern abend vorenthalten!«

»Nein, ich war schon unten und habe eingekauft.«

Frau Holle schüttelt ihre Kissen, ich fühle mich verwöhnt.

»Hast du den Lärm heute morgen gehört?« fragt er mich, als wir endlich frühstücken.

»Welchen Lärm?«

»Der Kerl nebenan hat wieder seine Alte verprügelt.«

»Wieso?«

Ich wärme mir die Finger an der heißen Tasse.

»Immer das gleiche. Er glaubt nicht, daß sie ihn nicht betrügt. Sie ist alt und fett und für ihn die Schönste.«

Was der redet, denke ich, stundenlang könnte ich jetzt Geschichten hören.

»... er säuft sich zu Tode und sie geht nur zum Einkaufen aus dem Haus«, erzählt er weiter.

»Woher weißt du, daß sie ihn nicht betrügt?«

»Wann sollte sie denn einen kennenlernen? Außerdem habe ich nie einen anderen Kerl gesehen.« Er gehört zu denen, die eine Augenbraue heben können, ohne die andere zu bewegen. Das hat mir immer schon imponiert.

»Wer ist dir lieber, er oder sie?« Plätscher, plätscher, Gott weiß, weshalb ich das wissen möchte.

»Er!« Er sieht mich nicht einmal verwundert an.

»Warum?«

»Wie: warum? Keine Ahnung.« Er kratzt sich am Hals. Ich bin neugierig, worauf das hinausläuft.

»Ich kann es mir denken«, verkünde ich ins Blaue.

»Und?«

»Mann-Mann!«

»Stimmt!« Zack, die Kugel fällt ins Loch. Ich spiele aus Faulheit nicht weiter. Ich biege um die Ecke und erzähle: »Ich habe ein halbes Jahr in Rom gelebt. Bar di Gregori. Da habe ich immer gesessen, und jeden Tag kam ein Penner, der Shakespeare-Texte deklamierte und anschließend mit dem Hut rumging... der war angeblich früher Schauspieler.«

»Was hast du in Rom gemacht?« Er bringt mich durcheinander.

»Warte, ich bin noch nicht fertig.«

»Ach so«, meint er ungerührt.

»... der hieß Pietro und wir haben uns ein bißchen angefreundet. Ja, und einmal habe ich ihn eben gefragt, warum er sich nicht rasiert. Verstehst du? Ich war einfach gespannt, was er darauf sagt.«

»Und?« Mir wird immer ungemütlicher. Was rede ich.

»›Ich?‹, hat er gesagt, ›ich bin doch Penner!‹« Es hatte

mich tief beeindruckt. Weshalb auch immer.
»Was soll er auch sonst sagen?« Er versteht nicht, das läßt mich verzweifeln.
»Nein, das war so... wie soll ich sagen...«
»Weil er das so selbstverständlich gesagt hat?« Immerhin läßt er mich nicht hängen.
»Auch, und weil er das fast stolz sagte, so wie er da vor mir stand.« Ein Morgen nach so einer Nacht ist schwierig. Unsere Augen begegnen sich aus Versehen, als ich zum Kaffee greife und er mir die Kanne aus der Hand nimmt, um einzugießen.
»Also, was hast du in Rom gemacht?«
»Zeug. Geld verdient.« Etwas wird auf einmal kompliziert. Ich möchte die Nacht unverdreht behalten. Ich möchte vorsichtiger sein.
»Gib mir eine Zigarette«, bitte ich ihn. Er steckt sich zwei in den Mund, zündet sie an und reicht mir eine rüber. »Und einen Schluck Whisky«, meint er plötzlich und springt auf.
»Ja, das ist gut.« Jetzt wird mir wieder wohler.

Am selben Abend sitze ich mit Katja und Fernet bei Toni.
Lärmende Enge, Mantel an Mantel, und ich bin stumm.
»... ich sag dir eins, wenn ich so weitermache, lande ich in der Trinkerheilanstalt«, sagt Katja.
»Dort können wir uns gegenseitig besuchen«, entgegnet Fernet. Fast hat der stumpfe Suff meine Erinnerung überschwappt.

»Und in Zimmer Nummer 27 stapeln sich heimlich die Flaschen im Schrank.« Sie verschlucken sich beinahe vor Lachen. Sie sind laut.
»Und ich habe eine dicke Pflegerin, die ich einmal in der Woche bürsten muß, damit sie mir Schnaps besorgt.«
»Bürsten sagst du? Bürsten ist gut!« grinst Katja. Sie kann aufregende Bilder malen. Wenn sie malt. Sie malt fast nie.
»He, Pol, wo bist du?« fragt mich Fernet und sieht mir irgendwohin ins Gesicht.
»Wenn ich das wüßte...«
»Was Neues? Erzähl!« drängt Katja gierig. Wie kommt sie darauf?
»Nichts. Eine Nacht mit einem. Vielleicht bin ich verwirrt. Ihr seid woanders.« Hier kann ich nur stottern. Hier ist kein Platz für Inneres.
»Das ist seltsam. Wenn man sich aus dem Spiel raushält, glaubt man immer, die anderen, die sind es, die nicht mit einem spielen«, sinniert Fernet, »das umgekehrte Fernrohr. Nur die Frage, wer hält es richtig?«
»Vermutlich keiner«, stoppt ihn Katja, und er glotzt. Katja sieht schön aus, heute abend. Ihre krumme Nase macht sie manchmal zum ausgestopften Habicht, dann wieder überstrahlen ihre großen, hungrigen Augen jede mögliche Häßlichkeit.
»Wer war's, sag schon.«
»Den kennt ihr nicht, außerdem bin ich nicht verliebt.« Zugebrettert. Ich möchte nichts weiter als hier hocken, mich müde trinken und anderen zusehen.

»Hast du was dabei?« erkundigt sich Katja bei Fernet jetzt. Ich bin ihr dankbar, daß sie ablenkt.
»Nein, ich treffe den Schwarzen erst nächsten Mittwoch.« Der Schwarze ist ihr Hoflieferant.
»Ist es der merkwürdige Maler von neulich?« Fernet läßt nicht locker. Er ist eifersüchtig, denke ich, verschlossene Türen machen ihn nervös.
»Der nicht, der war ein vertrockneter Apfel, den man im Keller vergessen hat.« Die zwei prusten in ihre Gläser, suhlen sich in der Vorstellung.
Wir standen lange ineinander, bevor sich die Wohnungstür hinter mir schloß. Sein Geruch begleitete mich den ganzen Nachhauseweg.
»... und ich habe gesagt, das ist doch ein großer Unterschied, drei rote Tulpen, oder vier. Oder?« Katjas tiefe, laute Stimme sprengt meine Erinnerung. Ich wehre mich nicht dagegen.
»Alles ist ein Unterschied. Klar. Jeder Krümel verändert was.«
»Eben. Oder: auch wenn Pol schweigend auf ihrem Stuhl hängt, wir würden andere Worte sagen, alles wäre anders, wenn sie nicht da wäre.« Ich verstehe nicht, wovon sie sprechen. Sie wühlen wie Fledermäuse in meinem Kopf. Ich kann mich kaum noch an sein Gesicht erinnern.
»So gesehen ist nichts und niemand lächerlich. Prost!« Nichts ist lächerlich? Wir stoßen an.
»Wie meinst du das?« schalte ich mich ein. Obschon ich ahne, daß daraus nur Worte-Worte entstehen können. Ich nehme einen tiefen Schluck.

»Ja, stell dir vor, wenn das Geringste durch sein Nicht-Vorhandensein alles verändert, hat jedes Würmchen seine Aufgabe«, erklärt mir Fernet, bemüht nüchtern.
»So etwa: Da ist ein Satellit, dem fehlt eine lächerliche Schraube, die man in jedem Kaufhaus bekommt. Der großartige Satellit, dem die Schraube fehlt, wird im großartigen All großartig platzen. Also ist die Schraube nicht lächerlich.« Ich habe Fernets Augen nie finden können.
»Und wenn deine Schraube von dem nichts weiß? Und wenn der Satellit von deiner Schraube nichts weiß? Und wenn du der einzige bist, der der Schraube Sinn gibt?« Was erzählen wir uns da eigentlich?
»Ja«, er reibt sich die Hand auf seinem Bein, »wenn die von gar nichts wissen, ist auch gut, das Problem fängt erst an, wenn die Schraube glaubt, nur eine kleine unnütze Schraube zu sein.«
»Morgen gehe ich ins Kaufhaus, besorge die kleinsten Schräubchen und errichte ihnen ein Denkmal!« platzt da Katja in unsere Betrachtungen, »können wir das jetzt abhaken?« Ich drücke ihr einen Kuß auf den Mund. Sie säuft, schwitzt, leidet, lacht und bleibt auf ihrem Boden.
Was sitze ich hier und warte. Ich bin müde, erschöpft und nicht schön.
Er war gerade beim Pinkeln, als ich mir die Haare kämmen wollte, bevor ich ging.
»Darf ich rein?«

»Natürlich.« Natürlich. Ich freute mich darüber. Weiche Gemütlichkeit, zu zweit im Bad zu sein, während einer auf dem Klo hockt. Als kenne man sich hundert Jahre.

»Wir sehen uns wieder«, meinte er auf einmal, versunken in seinen Strahl. Ich drehte mich überrascht um, dabei fiel mir erst jetzt die Tätowierung auf. Ein kleiner blauer Blitz, oberhalb seines linken Beckenknochens. Ball der einsamen Herzen, schoß es mir durch den Kopf, St. Pauli.

»Was ist das?«

»Das war mal romantisch«, lächelte er und schüttelte die Tropfen ab.

Katja lacht dröhnend auf: Fernet hat sein Glas fallen lassen.

»Verflucht, die Hose habe ich mir neu gekauft.« Er blickt hilflos auf die Scherben.

»Fernet, du bist besoffen«, meint Katja, »geh nach Hause!«

»Nein!« wütet er und versucht sich gerade hinzusetzen, »ich bleibe bis zur Bewußtlosigkeit.« Die Bedienung kommt und wischt grinsend auf.

»Willst du einen neuen Whisky?«

»Natürlich. Und Katja und Pol auch, auf meine Rechnung.« Immer wenn er betrunken ist, wird er spendabel. Er hat Angst, man könne ihn alleine lassen, bevor er im erlösenden Dunkel versinkt.

»Mir ist schlecht«, brummt er und wankt zur Toilette. Ich bekomme Atemnot.

»Ich gehe, sag der Kleinen, ich zahle morgen. Ich hab

kein Geld mehr«, Katja nickt. Sie stürzt auch gleich ab. Ich muß hier raus.
Wieder einmal: ich ritze mir den Bauch auf. Sinnloses Trinken, sinnloses Reden, sinnloses Denken und am Ende sinnloses Atmen. Wie gerne würde ich mich jetzt von großen Gefühlen quälen lassen. Ich verabschiede mich von Katja und stürze nach draußen. Hinter mir quillt es weiter. Ich habe gerade noch den Absprung geschafft.
Ich liege noch lange wach im Bett. Tausend Gedanken knabbern mich an, schlitzen mir die Haut auf. Grelle Gesprächfetzen, Gesichter, Traumbilder flitzen in meinem Hirn wild durcheinander. Die Augen scheinen mir aus dem Kopf zu quellen, mein Puls rast, in irgendwelchen Gehirnwindungen brüllt was wie ein Stier. Ich bin ein Sack voll Ameisen. Da wimmelt es und krabbelt es und sucht verzweifelt einen Ausgang, um dieser überstürzten Enge entfliehen zu können. Da ist Katja, die auf einmal erschrekkend lüstern lacht, riesig groß ihre Nase, und die Zähne, als wollten sie gleich zupacken. Nackte Körper, übereinander kriechend, Fleisch in Fleisch, ich denke an den Versicherungsnachweis, den ich immer noch nicht losgeschickt habe. Und Fernet, der sich in Erbrochenem wälzt, Fernet, der sich mit seiner Schraube verzweifelt Mut zu machen versucht. Werner fällt mir ein, den ich kurz berührt habe, aber nichts davon verstehe... Ich versuche mit aller Gewalt das Karussell anzuhalten – immer wieder reißt es sich los und dreht sich und dreht sich... und endlich

ich: das Versagen lastet schwer, nimmt mir fast den Atem.
Schluß. Ich setze mich auf, mache Licht und zünde mir eine Zigarette an. Die Gespenster ziehen sich ins Nichts zurück. Um mich das vertraute Durcheinander. Wohltuend, die leeren Joghurtbecher mit Zigarettenkippen, das drei-Tage-schmutzige Geschirr auf dem Tisch, die Kleider wild verstreut, auf dem Klavier die Stapel zerlesener Bücher. Ich beschließe, morgen aufzuräumen. Aufräumen. Wieder einmal aufräumen und die Dinge an ihren Platz stellen.
Endlich kann ich einschlafen.

Ich habe gerade die letzten Tassen abgespült, da klingelt es. Katja, das kann nur Katja sein, wer sollte mich mittags besuchen, überlege ich. Ich drücke auf den Summer und lasse die Tür offen stehen. Jetzt höre ich Schritte, nicht Katjas, sondern langsame und bestimmte Schritte. Bevor er hereinkommt, weiß ich schon. Meine Wangen werden heiß.
»Störe ich?«
»Gar nicht, komm«, ich nehme Werner an der Hand ins Zimmer. Wir bleiben orientierungslos stehen. Wo den Faden aufnehmen. Er blickt sich um.
»Du hast nur künstliche Pflanzen«, meint er spröde.
»Ich weiß, echte vergesse ich immer zu gießen.« Er ist vorsichtig. Er ist fremd.
»Es ist schön, daß du hier bist«, sage ich unsicher. Er schweigt. Plötzlich holt er ein Markstück aus der Hosentasche und fragt zielstrebig:

»Kopf oder Zahl?«
«Zahl«, meine ich irritiert.
»Dann wirf dreimal.« Ich werfe ohne Ahnung, es kommt zweimal die Zahl.
»Gut«, grinst er.
»Was heißt das?«
Er zündet sich umständlich eine Zigarette an und fragt: »Ich muß heute abend nach Marseille. Kommst du mit?«
Ich setze mich vor Schreck auf das Bett.
»Marseille?«
»Marseille!«
Er raucht stumm und läßt mir Zeit.
Weg. Ich könnte wegfahren, könnte die Wüste verlassen mit einem... wer zahlt das... oder hätte er jede gefragt... – egal. Sich einlassen, sich auslassen, der hat Mut, denke ich und sehe ihn hilflos an. Seine Augen sind nicht erreichbar.
»Ja... ja ist gut«, antworte ich endlich und denke an R. Warum auch nicht. Eine neue Geschichte fängt an, eine alte hört auf und immer so weiter. Einmal will ich versuchen, Zeit zu haben.
»Dann ist ja alles in Ordnung«, sagt er und sieht mir wieder in mein Hirn. In Ordnung. Nichts ist jemals in Ordnung. Nur das ist in Ordnung. Ich hätte schon wieder Lust, mich zu betrinken. Ich ziehe ihn an der Hose zu mir runter und lege meinen Kopf auf seinen Bauch. Mit der einen Hand streicht er über meinen Rücken, mit der anderen drückt er seine Zigarette aus.
»Zünde mir eine an«, bitte ich ihn.

»Nein«, er beginnt mich auszuziehen. Wie gut, daß ich aufgeräumt habe, das Bett ist frisch bezogen, alles ist sauber, und ich versuche, sinnlich zu sein. Es wird nichts. Da ist ein Müssen, an dem ich nicht vorbeifühlen kann. Ich möchte ihn nicht enttäuschen, und ich ersticke, wie so oft, am nicht gesagten Nein. Er versucht mich zu durchbohren – zwecklos, wir finden uns nicht. Das Tageslicht präsentiert uns erbarmungslos gleichgültig. Er wühlt sich wie ein Tier in mich, um mich nicht zu erleben. Er beschläft mich nicht weniger verzweifelt als ich, die Beschlafene. Gerade jetzt sollten wir uns spüren können. Es tut mir weh, daß mir nichts wehtut. Die Dinge hören nicht auf, sich zu wiederholen. Nach Marseille, gut, warum auch nicht. Endlich zieht er sich resigniert zurück.
Wir liegen eine Weile verloren da, leeres Wollen zwischen uns. Auf einmal sagt er:
»Macht nichts. Wir sollten uns alles erlauben.« Ich sehe ihn an und fühle mich beschenkt.

II

Morgengraue Felder ziehen an uns vorüber. Gerade geht die Sonne auf. Zwischen rauchenden Fabrikschloten Italienhäuser. Das Radio spielt. Träge Freiheit. Zwischen uns ein entspanntes Gar-Nichts. Müde Augen und Träume von heißem Kaffee. Ich habe eine sorgenvolle Mutter zurückgelassen.
»Wer ist denn der Mann?«
»Mama, bitte, frag mich nichts, ich fahre einfach mit ihm weg.«
»Ja, aber was macht ihr in Marseille?«
»Ich weiß es nicht, er hat dort geschäftlich zu tun.«
»Um Gottes Willen, Kind, paß auf dich auf!«
»Natürlich, Mama, mach dir keine Sorgen.«
Wie gut, daß ich so früh angefangen habe, mich vor ihr zu verschweigen. Wie gut, daß es sie auch nie weiter interessiert hat.
»Aber du kannst deinen Freund doch nicht einfach allein lassen.«
Sie will es nicht begreifen, daß wir jetzt getrennt sind. Die schafft sich ihre eigene Welt.
»Mach's gut, Mama, ich werde dir schreiben.«

Um Mitternacht fuhren wir mit seinem Auto los. Nach einem in rasender Geschäftigkeit verbrachten Tag, an dem keiner zu sich kam. Und dann das Staunen, neben ihm zu sitzen, wirklich abgefahren zu sein. ›Wir sollten uns alles erlauben‹, und meine Türen waren weit geöffnet. Ab und zu beleuchteten sein Gesicht entgegenkommende Scheinwerfer. Neugierig betrachtete ich ihn, fremde Spuren, sein Geruch streifte ab und zu meine Nase. Keiner sagte ein Wort, zwischendurch das ›Klick‹ unserer Feuerzeuge. Autobahn-Musik aus dem Radio und verschränkte Hände auf dem Schalthebel. Ich hatte jede Übersicht verloren.

Später sagte er:

»Ich dachte, vielleicht sagst du nein. Dann hätten wir es verpaßt. Dann wäre es nur eine Nacht gewesen. Kein Mut.« Seine Worte verunsicherten mich.

»Vielleicht sind wir nur neugierig.«

»Vielleicht. Vielleicht ist uns nur langweilig. Vielleicht wollen wir nur, jeder das Seine, vergessen.«

Ich glaubte, ihn verletzt zu haben.

»Denkst du, man kann es beschließen, nicht zu zweifeln?« fragte ich ihn.

»Das ist eine Frage der Disziplin.« Das Wort ›Disziplin‹ ruft in mir Grabeskälte hervor. Ich verstand nicht. Seine sperrige Genauigkeit; es ist nicht dasselbe, jemanden zu spüren und jemanden zu kennen.

»Ich habe mir beigebracht, daß es nichts gibt, wovor es sich zu fürchten lohnt«, versuchte er zu erklären.

»Das wissen wir. Theoretisch.« Ich war verärgert,

wie immer, wenn Worte nur Worte für mich sind. Ich versuchte mir vorzustellen, wie er reagieren würde, wenn ich ihn in dem Augenblick am Schwanz packen würde. Es fiel mir schwer.
»... und daß ich entscheiden kann«, setzte er nach. Nach langem, hilflosem Schweigen wollte ich wissen, woran er denkt.
»Warst du schon einmal in einem Spielkasino?« fragte er.
Jetzt hatte ich ihn wieder.
»Und ob!«
»Was?«
»Black-Jack.« Er nahm meine Hand und küßte sie heftig. Wir beschlossen, in Monte Carlo einen Zwischenstopp einzulegen.

Der neue Tag gibt mir das Gefühl, nie einen Morgen gekannt zu haben. Ich denke mir, jeder Tag sollte so beginnen. Als wüßte man noch nichts vom Leben. Und in mir steigt eine lange nicht empfundene Liebe auf.

Monte Carlo, Häuserwasserfall, der sich ins Meer ergießt. Alles drängelt sich in den kleinen Gassen und am Quai. Verklemmter Reichtum. Ich bin launisch vor Hunger und wenig Schlaf, spüre mich faltig. Ich weigere mich, den weichen, sonnigen Mittag zu empfinden. Er spürt meine Erschöpfung. Erleichtert stelle ich fest, daß er sich nicht weiter kümmert. Wir laufen. Meine Glieder laufen auf der Suche nach einem Restaurant.

Plötzlich quietschen Reifen. Ein unmenschliches Kreischen zerrt an meinem Trommelfell – ein Auto hat eine Katze überfahren. Ein blutiges zerquetschtes Etwas liegt auf der Straße. Wie hypnotisiert müssen meine Augen das Ding da anstarren. Ich muß mich auf Werner stützen, um nicht umzukippen. Der Autofahrer hat nicht einmal angehalten.
»Sie war bestimmt gleich tot«, tröstet Werner und zerrt mich weg.
Dasselbe sagte man, als mein Großvater den Schlaganfall hatte. Ich wußte, daß sie lügen. Wer kann wissen, wie lang eine Sekunde ist, wenn man stirbt.
»Aber ihr Schreien«, beharre ich.

Endlich sitzen wir in einem Restaurant. Vin rouge und Weißbrot. Endlich können wir uns wieder bemerken.
»Ich glaube, mit dir kann man nicht streiten«, sage ich und stecke mir einen Calamari auf die Zunge.
»Das sieht aus wie ein Rettungsring«, meint er. Während er mich küßt, klaut er ihn mir.
»Jetzt ertrinkt meine Zunge«, der Ober sieht betreten weg, mit seinem schönen geschwungenen Schnurrbart.
»Warum willst du mit mir streiten?« fragt mich Werner.
»Das will ich eben nicht«, ich dachte gerade an R., »ich freue mich, das ist alles.«
»Worüber?« Was gibt es da zu fragen, denke ich, so nicht.

»Aufs Zocken, nachher. Zum Beispiel.« Jetzt grinst er. Das ist in Ordnung. Seine Hand unterm Tisch fährt billig und geil mein Bein hoch. Ich denke an den Mittag, bei mir, auf dem Bett. Der Schreck ist alt. Jetzt muß er mich nur berühren, schon werde ich weich und genußsüchtig.
Plötzlich zieht er einen Stift aus der Tasche und schreibt auf eine Serviette, die er mir zusteckt. »Machen wir es bei ›Damen‹ oder ›Herren‹?« lese ich.
»Bei ›Damen‹, flüstere ich ihm ins Ohr, »bei ›Herren‹ riecht es so unromantisch.«
»Dann gehst du zuerst«, bestimmt er.
Ich lächle unserem Ober im Vorbeigehen zu.
Die Toilette ist leer, nicht allzu hell beleuchtet. Es riecht nach chemischen Fichtennadeln. Ich überlege gerade, wann ich es schon mal auf dem Klo gemacht habe, da geht die Tür auf. Ohne ein Wort zieht er mich in eine der Kabinen. Die Heimlichkeit erregt uns schnell. Mehr brutal als leidenschaftlich entledigen wir uns der nötigen Kleidungsstücke, krallen uns ineinander, während er von hinten in mich eindringt. Kein Laut kommt über unsere Lippen, den Atem vorsichtig auslassend, beiße ich mich an seiner Hand fest. Quälend langsame, tiefe Stöße. Eine Melodie, die einem die Venen sprengt. Ich liebe, liebe, liebe ... Auf einmal geht die Tür. Wir verharren regungslos. Das Bild von zwei Heuschrecken fällt mir ein.
»Die machen gerade Kinder«, klärte mich mein Großvater auf. So müssen wir jetzt aussehen, stelle ich mir vor und halte mir mit seiner Hand den Mund

zu, um nicht laut zu lachen. Neben uns jetzt vertraute Geräusche von Reißverschluß, Kleiderrascheln, Pinkeln. Langsam läßt er seinen harten Schwanz in mir kreisen, bohrt sich in mein Fleisch, es ist zum Vergehen. Heiß und sehnsüchtig schrauben wir uns ineinander, und nur noch Fleisch, ganz Fleisch sein.
Als wir endlich alleingelassen sind, kommen wir beide fast sofort.
Erschöpft läßt er sich auf meinen Rücken sinken. Atemlose Gefühle. Da hängen zwei voll Liebe über dem Klo, schießt es mir durch dcn Kopf.
Eng umschlungen gehen wir zu unserem Tisch zurück, und es ist egal, was der Ober denkt. Und es ist egal, daß ich nichts von ihm weiß. Jetzt bin ich gerade verliebt, und mein Unterleib schmerzt nach.

Wir haben uns im Auto umgezogen. Mit Anzug und Krawatte hat er sich auch ein anderes Gesicht angezogen. Fremd. So wie ich ihn das erste Mal sah. Das erste Mal. Achtundvierzig Stunden. Achtundvierzig schnelle Stunden. Sein Kragen ist eine Spur zu breit, seine Krawatte eine Spur zu kurz. Er sieht gewöhnlich aus. Ich daneben in schwarzem engem Kleid, knapp übers Knie. Kasino-Kleid. Man sieht uns an auf dem Weg ins Spielkasino. Der Zuhälter mit seiner Nutte. Das macht mir Spaß. An der Kasse gibt mir mein Zuhälter 500 FF zum Spielen. In stillschweigendem Übereinkommen überläßt jeder den anderen sich selbst. Ich suche den Black-Jack-Tisch und habe ihn schon vergessen. Obwohl noch früher Nachmittag, drängelt man sich an den Tischen. Ich suche mir den schönsten Kartengeber und stelle mich hinter die Spieler. Noch ganz kühl und außerhalb des Geschehens. Ich gebe dem Chef ein Zeichen, mir den nächsten freien Platz zu reservieren. Erst einmal die Stimmung an diesem Tisch aufnehmen. Mein schöner Bankhalter sieht kurz auf und zwinkert mir zu. Das ist bekannt. Das gehört dazu, wie Krawatten und Poker-face. Seine Hände fliegen über den Tisch. Reste, Carte, Black-Jack pour la banque. Die Spieler verziehen keine Miene. Sechs Männer und eine dicke Frau mit rasierten Augenbrauen. Die Bank hat laufend gute Karten. Langsam steigt mir das Fieber. 20 pour la banque, 21 pour la banque, die Chiphaufen der Spieler verkleinern sich sichtbar. Jetzt liegt bei der Bank die 6. Ihre Glückssträhne ist wohl zu Ende. Aber um aufatmen zu können, hat man oft das Unmögliche erlebt. Ein Spieler splittet seine zwei Asse zu je 1000 FF. Er bekommt eine 9, nicht schlecht, zum zweiten As eine 4.

»Carte«, brummt er. Eine 7! »Carte!« Ein Bube, er hat sich überkauft. Die Bank deckt jetzt auf: eine Dame, das reicht nicht, sie muß noch kaufen, jetzt, denke ich, jetzt geht sie endlich kaputt. Der Geber zieht – eine 5! Die Bank hat 21! Ein verhaltenes Stöhnen an diesem Tisch. Der Herr mit den Assen verläßt mit zerquältem Gesicht den Tisch. »Libre«, ich bekomme ein Zeichen und setze mich. Ich rücke die Stuhllehne eng an mein Kreuz. Aufrecht sitzen

für den Überblick. Hier fühle ich mich zu Hause, hier sind mir die Spielregeln vertraut.
Eigentlich müßte sich die Bank jetzt einmal überkaufen, überlege ich, und setze 100 FF. Ich bekomme einen König, die Bank eine Dame. Bei mir ein zweiter König dazu, die Bank nur eine 7. Das Spiel fängt gut an. Ich lasse meinen Gewinn stehen, und gewinne. Ich ziehe 100 FF ab, und gewinne. Bin nur noch Zahlen und gewinne ein Spiel nach dem anderen. Inzwischen hängt man sich an meine Glückssträhne, und an meiner Box erhöhen sich die Einsätze. Jetzt habe ich 300 FF gesetzt. Die Frau mit den rasierten Augenbrauen tätschelt meine Hand und lächelt mir Mut machend zu. Sie scheint zu glauben, ich spiele das erste Mal. Soll mir recht sein. Ich bekomme eine 9. Die zweite Karte ist eine Dame. 19. Die Bank deckt auf: 20. Jetzt wendet sich das Blatt, niemand setzt mehr auf meiner Box. Ich sollte aufhören. Nein, flüstert meine Gier, jetzt setze hoch, jetzt riskiere, jetzt zeigt es sich. Ich kann nicht verlieren, ich denke daran, wie oft ich Geld gemacht hätte, wenn ich rechtzeitig gegangen wäre. Nein, ich beruhige mich damit, daß es nicht mein Geld ist. Ich setze 600 FF. Der Kartengeber wirft mir einen zweifelnden Blick zu, ich zucke mit den Achseln, denke mir, dieses Spiel noch, dann Pause. Mein Herz klopft zum Zerspringen, während die Karten ausgeteilt werden. Und in meinem Kopf herrscht Kälte. Vor mir liegt eine 9, bei der Bank ein Bube. Das sieht nicht gut aus. Meine zweite Karte eine 6!

»Quinze«, sagt der Schöne skeptisch. Auf dem Tisch liegen jetzt fast nur Bilder. Ich kalkuliere schnell. Es ist wahrscheinlich, daß die Bank eine hohe Summe erreicht. Mit meinen 15 Punkten würde ich verlieren. Andererseits bin ich mit 15 schon so hoch, daß ich mich leicht überkaufe. Ewige Sekunden, meine Finger werden kalt.
»Carte?« wird der Spieler neben mir gefragt. Er nickt und bekommt eine 10.
»Carte?« jetzt ich. Ich sehe ihn an, als könnte er mir die Entscheidung abnehmen, ich blicke hilflos auf den Stoß, auf die Karten, die offen liegen.
»Non!« raunt jemand mir von hinten zu, »no card!« Was geht den das an.
»Qui«, sage ich schnell.
»Qui?« Der Bankhalter schüttelt bedenklich den Kopf. Ich bin verrückt gewesen, bei 15 noch eine Karte zu verlangen, schießt mir durch den Sinn. Mit feinem Lächeln zieht er jetzt die Karte aus dem Schlitten. Der versteht es, Spannung zu steigern. Er dreht sie um. Mir werden die Knie weich: eine 5!
»Quel Chance«, höre ich hinter mir. Ich habe noch nicht gewonnen. Erst muß die Bank ziehen. Wieder eine 5, dann einen Buben. Überkauft!
Jetzt brauche ich etwas zu trinken. Mit unbeweglicher Miene, während es in mir jubelt, nehme ich meine Chips und stehe auf. Man lächelt mir zu. Glückskinder werden überall geliebt. Eine Freude, ich kann mich kaum zurückhalten, laut aufzulachen. Ich setze mich an die Bar und bestelle Campari-Soda.

Wieviel ist es eigentlich geworden? Unauffällig zähle ich meine Chips. Ich kann es fast nicht glauben. 2900FF! 2900FF halte ich in meinen Händen. 2900FF, das sind 1000DM. Minus meinem Einsatz habe ich 800DM gewonnen. Noch nie bin ich mit so kleinem Einsatz auf eine solche Summe gekommen. Das ist so, denke ich, immer wieder: ist dir das Gewinnen egal, wirst du reich beschenkt. Man sollte so leben können. Um mich ist alles ernst. Kaum einer lächelt wenigstens. Touristen, Halbwelt, die dicken älteren Frauen, die hier ihren Fick-Ersatz suchen. Kaum ein schönes Gesicht, Croupiers mit professionell charmanter Aufmerksamkeit, wieviel Leben sich hier schon das Genick gebrochen haben... und ich habe 800DM gewonnen. Langsam leere ich mich aus. Das Gefühl kenne ich. Das Gefühl der Ernüchterung. Das Wofür-das. Der Rausch ist hohl. Der Rausch taugt nur, solange man spielt. Das Danach ist kläglich. Lebloses Geld. Ich bin wieder in Monte Carlo, Reise nach Marseille, Werner. Ich blicke mich um und suche ihn. Daß ich wieder spüren kann. Schnell die Kälte runterspülen. In der Menge kann ich ihn nicht entdecken. Ich bin zum ersten Mal alleine, fällt mir auf. Unser Billardspiel, die Nacht bei ihm, der darauffolgende quälende Abend, unsere Autofahrt, die tote Katze, Klofick und jetzt hier, zu keinem Gefühl mehr fähig. Todmüde und hellwach. Was hat er in Marseille zu tun. Seine Geschäfte sind tabu. Ich zünde mir eine Zigarette an, lasse den kühlen Campari durch meine Kehle rollen. Ich habe

mich widerstandslos mitnehmen lassen. Das ist in Ordnung. Ich habe ihn jetzt widerstandslos geschmeckt. Das ist auch in Ordnung, aber jetzt bin ich mir ausgekommen. Jetzt bin ich hohl und friere. 800 DM. Das ist auch ein Nichts.
Ich entdecke ihn am Ende des Saals. Da steht er. Da steht einer von vielen an einem Roulette-Tisch, einer, so einsam fixiert wie alle hier. Lonesome Cowboys sind sympathisch. Wieder sein hartes Gesicht. Er sieht mehr denn je wie ein Zuhälter aus. Vielleicht ist er einer gewesen. Jetzt ist mir peinlich, ihn so zu kennen. Ein Schluck Campari, ich habe 800 DM gewonnen und ihm ein Nichts zu sagen. Möglicherweise. Was geht mich einer an. Man wird in seiner Bahn geboren und wird dort bleiben müssen. Was denke ich, meine Blase drückt. Ich sitze gerade auf der Toilette, da höre ich jemanden deutsch sprechen.
»Das ist eine schöne Farbe«, sagt eine.
»Von Dior«, eine andere.
»Heute ist was wirklich Außergewöhnliches passiert«, erzählt die erste, »stellen Sie sich vor, diese Schuhe hier trage ich seit einem Jahr...«
»Sehr hübsch, ja...«
»Nein, stellen Sie sich vor, heute morgen fangen sie plötzlich an zu quietschen. Plötzlich, nach einem Jahr, quietschen diese Schuhe!«
»Ach!?« Ich beeile mich mit dem Pinkeln, denn ich möchte unbedingt diese quietschenden Schuhe sehen. Ich stürze aus der Kabine, aber es ist keiner

mehr zu sehen. Als ich schon an der Bar sitze, muß ich immer noch über die quietschenden Schuhe nachdenken.

»Hast du alles verloren, warum sitzt du hier?« Er trinkt aus meinem Glas. Wortlos öffne ich meine Tasche und zeige ihm ihren Inhalt.

»Wieviel?«

»2 900 FF.« Er pfeift leise durch die Zähne.

»Ich glaube, ich muß dich heiraten, dann schicke ich dich immer ins Kasino, und ich habe ausgesorgt.«

Ich lache,

»und du?«

»Ich halte mich, laß uns gehen, bevor du das wieder verspielst.« Er hat recht. Ich zahle den Campari, und wir gehen zum Ausgang. Aber jetzt will ich es genau wissen. Im Vorbeigehen setze ich an einem Tisch hundert Franc auf Schwarz. Die Kugel fällt. Es kommt Schwarz.

»Wenn wir weiterspielen würden, hättest du deine kriminellen Geschäfte nicht mehr nötig!« Das ist mir rausgerutscht. Ich lache verlegen, als könnte ich dem nachträglich eine Pointe geben. Er wirft mir einen kurzen undefinierbaren Blick zu und läßt mich stehen. Ich schnappe mir schnell meinen Gewinn, wechsle meine Chips und laufe hinterher.

»Was ist?« frage ich. Im Grunde ist es mir egal. Er ist mir im Moment egal. Ich frage nur aus Gewohnheit. Erst als wir im Auto sitzen, redet er.

»Hör mal«, sagt er und zündet sich eine Zigarette an. Ich warte. Was tut er da geheimnisvoll, denke ich.

»... ich habe nur nachgedacht. Laß uns über diese Sachen nicht reden. Zwischen uns gibt es etwas anderes.« Er bläst sorgfältige Rauchringe an die Wagendecke. Worauf wartet er?
»Es ist mir vollkommen egal«, entgegne ich. Wo ist mein Gefühl, ich kann es gerade noch um die Ecke biegen sehen.
»Gut«, ist die Antwort, und er läßt den Motor an.
»Musik«, sage ich und schalte das Radio ein. Sie spielen angenehm Klassisches. Langsam fallen mir die Augen zu.
Ich wundere mich darüber, daß unser Haus derart verfallen ist. Während ich durch die Räume wandere, entdecke ich hier und da noch ein einzelnes verrottetes Möbelstück. Nur mühsam erkenne ich sie wieder. Kaputt, alles kaputt hier. Das ist das Wohnzimmer, ja, da hinten das verschimmelte Ungetüm, das war einmal unser Billardtisch. Beim Näherkommen sehe ich, daß der Filz brutal herausgerissen wurde, ich begreife nicht, was hat das alles zu bedeuten?
Und überall Staub, Staub, dicker schwarzer Staub. Jetzt fällt mir wieder ein, ich suche nach etwas, nur, ich erinnere mich nicht, was. Meine Gedanken verknoten sich, je mehr ich darüber nachdenke. Vielleicht finde ich es zufällig.
Mir ist nicht wohl dabei, allein durch dieses Haus zu laufen. Die Luft staut sich, wiegt schwer. Wie ein gehetztes Tier durchsuche ich jetzt jeden einzelnen Gegenstand, um, wenn ich das Ding gefunden habe, so schnell wie möglich diesen Ort verlassen zu kön-

nen. Es riecht nach Tod, nach Verwesung. Es ekelt mich vor diesem vermoderten Zeug, das ich auf meiner Suche in die Finger bekomme.
Jetzt erst bemerke ich die Löcher in den Wänden. Der Wind verursacht ein eigentümliches Geräusch. Fast, als schreite in weiter Ferne eine Horde Kinder. Ich versuche, durch die Löcher nach draußen zu blicken. Man sieht nichts, da quillt dichter Nebel um das Haus. Also weiter, es scheint unendlich viele Zimmer zu geben, richtig, das habe ich vor kurzem gelesen: Häuser bekommen, je älter sie werden, mehr und mehr Zimmer dazu. Ich durchwandere eines nach dem anderen, muß aufpassen, wohin ich trete, manche Dielenbretter sind herausgesprungen, wie leicht kann man da durchbrechen.
Plötzlich fliegt mir ein schwarzes Vieh ins Gesicht, schwarz und haarig, beißt sich an meiner Wange fest, kreischt ohrenbetäubend schrill, und Blitze aus Schmerz und Schreck durchzucken meinen Körper. Ich muß meine ganze Kraft aufbieten, um mir das Tier aus dem Gesicht zu reißen. Seine spitzen Zähne bohren sich tief in mein Fleisch. Voller Ekel schleudere ich es gegen die Wand, um seinen Kopf zu zertrümmern. Blut. Blut tropft auf den Boden. Blut rinnt über meine Finger, meine Arme, mein Kleid. Am Ende des Ganges hängt ein Spiegel, ich renne hin, um mir die Wunde anzusehen, um zu wissen, ob ich jetzt verrecke. Schwarzrote Masse, nasse dunkle Masse, ich blicke genauer hin und jetzt, ich muß schreien, jetzt sieht mir eine alte Fratze entgegen,

verfault und zerstört, meine Nase nur noch ein Knochenrest, die Haut flattert in verschimmelten Fetzen, und die Augen! Die Augen hängen triefend in ihren zerfransten Höhlen, ich schreie und schreie und schreie...

Jemand rüttelt an meiner Schulter.

»Was hast du?« sagt da einer. Schweißverklebt, völlig verwirrt blicke ich um mich. Es ist Nacht, Lichter, Stadt-Nacht. Ein Traum, sicher, ein Traum.

»Aufwachen, wir sind da!« Ja, Marseille, Werner, ich atme tief durch, um das Schwarze aus meinem Kopf zu bekommen.

»Ich habe schrecklich geträumt«, sage ich und lehne meinen Kopf an seine Schulter.

»Es ist alles in Ordnung«, seine zärtliche Stimme streichelt mich, »wir sind vor unserem Hotel, wir werden duschen, essen, schlafen, es ist alles in Ordnung.« Seine Nacht-Stimme, mir wird warm. Ich erkenne ihn wieder. Ich küsse seine Hand aus Freude darüber.

Hotel ›Mirabelle‹. Neubau, Mittelklasse, gesichtsloser Portier. Unromantisch und erfrischend nüchtern. Ja, er hat noch etwas frei. Müde schleppen wir unser Gepäck in den ersten Stock, fallen erst einmal, ohne Licht zu machen, auf das kühle Bett.

»Endlich angekommen«, flüstert er weich in meine Haare. Ich fühle mich ein wenig schuldig, für meine Kälte heute nachmittag. Er riecht fein nach seinem Schweiß. Ich möchte mich in ihm verkriechen.

»Du«, sage ich nur.

Für einen kurzen Moment ist mir, als läge R. neben mir. Das sticht. Der hier ist mir fremder geworden seit gestern. Ich verstehe nicht. Ich werde ihn fragen, wo er zweifelt.
»Los jetzt, duschen«, unterbricht er meine Gedanken.
»Geh du zuerst, ich liege noch so.«
Wie sagte er? ›Ich rufe und bekomme kein Echo.‹ Jemandes Echo sein können, sein wollen. Das kommt mir unerreichbar selig vor.
Er hat sich ausgezogen und steht nackt vor dem Bett. Der Widerschein einer Rcklame beleuchtet ihn abwechselnd rot und blau. Er steht nur da, kratzt sich an der Schulter und sieht aus dem Fenster. So ganz weit weg. Einer. Einer denkt jetzt Männer-Gedanken. Sehen die aus wie meine? Dieser Moment sollte ewig dauern. Rot – blau, rot – blau, er und ich, er und ich ruft das Licht. Rot – blau, rot – blau, ich und ein Er, er und ein Ich... mein Magen knurrt, und ich rolle mich widerwillig aus dem Bett.
»So. Morgen früh muß ich kurz wohin, dann hole ich dich zum Frühstücken ab. Und dann werde ich dich den ganzen Nachmittag allein lassen müssen.«
Wir sitzen in einem kleinen Bistro und warten auf das Essen. Rotwein und das Duschen hat uns gutgelaunt gemacht. Ich spiele wohlig mit einer Kerze, er gefällt mir mit feuchten Haaren. Ich kann zum ersten Mal seinen Haaransatz sehen. Geheimratsecken, er ist nicht mehr jung.
»Was wirst du machen, wenn ich weg bin?« fragt er.

»Vielleicht in einem Café sitzen und Leute ansehen«, antworte ich, »vielleicht betrinke ich mich endlich mal wieder, vielleicht Billard spielen...«
»Nein«, unterbricht er mich ernst, »dann lernst du dort jemanden kennen und fährst mit ihm gleich nach Havanna...« Ich muß lachen und haue ihm leicht auf die Nase. Der Ober bringt unser Essen.
»Ah, c'est l'amour!« meint er und verdreht sehnsüchtig die Augen. Freundlicher, verschlampter Ober.
Ich frage Werner, ob er eifersüchtig sei.
»Nein«, ist die Antwort.
»Schade, ich mag Eifersuchtsszenen«, sage ich leichthin.
»Ich kannte mal einen, der kam dabei um.«
»Wie meinst du das?«
»Erstochen, eben.«
Mir fällt der alte Schauspieler ein, den ich einmal kennenlernte. Als er Ende zwanzig war, erschlug er seine Frau. Er hatte sie mit einem anderen im Bett überrascht. Er hatte warme Augen. Ich mochte ihn sehr. Jetzt ist er tot.
»Leben...« sinniere ich und schneide mein Fleisch.
»Ja«, grinst er, »Geschichten ohne Ende, und wenn, dann tödlich.« Ich sehe ihn überrascht an.
»Manchmal kommen Sachen aus dir und dann hast du wieder so etwas Geschlossenes.«
»Du kannst mich noch nicht kennen!« Das weiß ich, nur beim Vögeln erkenne ich ihn.
»Beim Vögeln erkenne ich dich.«
Er runzelt leicht die Stirn.

»›Vögeln‹ steht dir nicht!« Da war es wieder. ›Es wird erst die alte Butter aufgegessen, bevor die neue angebrochen wird‹, sagte R. einmal.
»Was soll ich sonst sagen«, frage ich ihn angriffslustig, »Ficken, Kuscheln, Bürsteln, Hin Tsching Pong, Kuckunicki...«
»Kuckunicki ist schön«, lacht er. Sein Lachen. Von einer Sekunde auf die andere wischt es jede Strenge fort. Tausend Fältchen um die Augen.
Ich stoße mit ihm an.
»Prost, aufs Kuckunicki.« Ich ärgere mich. Warum? Ich kritisierte ihn, dafür behauptet er, ›Vögeln‹ steht mir nicht. Klack-klack, die Billardkugel rollt.
Die Kerze auf dem Tisch spiegelt sich in seinen Augen. Für einen Augenblick sieht es so aus, als brenne seine Iris. Ein Blinder. Ich habe bis jetzt bei ihm an kein Danach gedacht. Ich habe bis jetzt an nichts geglaubt.
»Was lächelst du?« fragt er und küßt mich in die Hand.
Dunkle Haare.
»Es gefällt mir hier, jetzt, alles.«
»Du gefällst mir auch«, meint er. Ich weiß es besser und habe wieder das Gefühl, er sieht durch meine Augen in mein Hirn. Einmal vorne anfangen können... Das Fleisch war fein, aber jetzt habe ich genug. Ich schiebe den halbleeren Teller von mir.
»Ich kann nicht mehr.«
»Du mußt mehr essen«, behauptet er, »du bist fast mager!«

»›Du mußt mehr essen, Kind‹«, sagte meine Mutter immer, worauf mein Großvater mich verteidigte. ›Laß sie, Ilse, der Mensch ißt soviel, wie er braucht.‹ Er war dementsprechend fett.
»Hast du noch jemanden außer deiner Mutter?« fragt mich Werner. Daß er das gerade jetzt wissen will, da ich an zu Hause denke...
»Nein. Meinen Vater kenne ich nicht. Es gab nur meinen Großvater, Mama und mich. Meine Oma starb vor meiner Geburt.«
»Und dein Großvater?«
»Der ist jetzt auch tot. Der war die große Liebe meines Lebens. Und du?«
»Ich habe keinen Kontakt mehr zu meiner Familie.« Er sagt das so, als dürfe man nicht weiterfragen.
»Warum?« Ich möchte es wissen. Jetzt möchte ich viel von ihm wissen. Ich weiß fast nichts. Das ist jetzt langweilig.
»Das ist nicht wichtig«, meint er, »ich habe meine Geschichte irgendwann weggeschmissen.« Ich muß lachen, so einfach nicht!
»Erzähl es mir, dann können wir sie zusammen wegschmeißen.«
Er sieht mich seltsam an. Er überlegt. Und ich setze meine vertrauensvollste Miene auf. Jetzt nimmt er einen Schluck und sagt:
»Vielleicht schockiert dich das, vielleicht auch nicht. Ich geb's dir, du kannst damit machen, was du willst.«
»Sowieso.«

»Ich habe Heroin gedealt.« Pause. Kunstpause?
»Und dann?« Er sieht mich irritiert an.
»Dann kam mein Bruder dahinter und erzählte es meinem Vater. Worauf der zur Polizei ging und mich anzeigte.« Er hat einen Tomatenfleck über der Lippe. Der stört mich beim Zuhören.
»... um mich auf den rechten Weg zu bringen, wie er sagte.«
Ich scheue mich, ihn darauf aufmerksam zu machen. Der Fleck macht sich unerbittlich lustig über seine Geschichte.
»Ich kann das verstehen«, sage ich, um den Fleck herum.
»Ja?« Das entsetzt ihn offensichtlich. Ich war unvorsichtig.
»Auch, daß er mich im Gefängnis besuchte, um mir zu sagen, daß er mir ›verzeiht‹ und hofft, daß auch Gott es tut?«
Gott sei Dank, er hat sich mit der Serviette den Mund abgewischt.
»Ach, so einer ist das?«
»So einer. Ich habe ihm gesagt, daß er mir nicht mehr unter die Augen kommen soll. Verlogenes Vater-Getue. Ende. Ich habe ihn nicht mehr gesehen.«
»Wie lange hast du gesessen?«
»Nur drei Jahre, sie konnten mir nicht viel nachweisen«, antwortet er.
Er erzählt ganz ruhig, während er sein Steak aufißt. Ich empfinde dabei gar nichts. Höchstens Staunen. Was sollte mich schockieren? Jeder wehrt sich auf

seine Weise. Ich glaube, ein wenig mehr von ihm zu verstehen. Schön, daß er mir so weit vertraut. Mehr nicht. Ich sehe mich als Kind auf meiner Schaukel sitzen. Unwissend unter großen alten Bäumen.
Ich zünde mir eine Zigarette an. Gefängnis, was wird man da? Er ist verschlossen, jetzt. Nur keine leeren Worte. Ich sehe ihn: ein kleiner blasser Junge, einem Vater geboren, der Verzicht für Leben hält. Ein zärtliches Gefühl überschwappt mein Herz.
»So«, sagt er, »jetzt zahlen wir. Ich habe dir gesagt, ich habe meine Geschichte weggeschmissen...« Daß er nicht merkt, daß er so viel sentimentaler wird, als wenn er sich da hineinfallen ließe.
»... und verstehst du jetzt, was ich mit Disziplin meinte? Es ist überflüssig, in Vergangenheit zu versinken. Ich bin neugieriger auf das Morgen. Fertig. So ist das.«
Das klingt mir zu gerade. Dem kann ich nicht trauen.
»Selbstmitleid kann wohl tun, zum Beispiel herrlich über sich zu weinen«, setze ich dem entgegen. Während er dem Ober ein Zeichen gibt, meint er darauf lässig:
»Du bist eine Frau.«
»Deshalb könntest du von mir lernen.« Ich kann ihn mir kaum heulend vorstellen. Sein ruhiges Gesicht, verzerrt und naß. Statt dessen: Lügen. Immer wieder die gleichen Lügen. Ordnungslügen. Sicherheitslügen.
»L'addition, s'il vous plaît«, bittet er den Ober und zieht seine Brieftasche aus der Hose. Ich halte seine Hand fest.

»Laß mich zahlen, ich habe ja gewonnen.« Seine Augen lächeln mich an.
»Nein, du sollst auf dieser Reise nichts bezahlen. Vielleicht brauchst du das Geld noch.«
Wir gehen schweigend zum Hotel zurück. Jeder entlang seines Fadens. Jeder kompliziert in sich. Und spüren kaum die milde Luft, die uns streichelt. Jetzt haben wir einen Graben zwischen uns und sind uns näher. Ich nehme seine Hand, und ohne mich anzusehen, drückt er sie fest. Es schmerzt.
In einer hellerleuchteten Passage ist ein Penner hingefallen. Im Vorbeigehen erhasche ich gerade sein Lächeln im aufgedunsenen Gesicht. Augen, blind vor Suff. Er streckt einem Araber die Hand hin, daß er ihm aufhilft. Ich werde nie erfahren, ob der ihn hochgezogen hat. Jetzt biegen wir in die kleine Straße ein, in der unser Hotel steht. Oben, aus zwei gegenüberliegenden Fenstern, beschimpfen sich lautstark zwei alte Vetteln. Wir entdecken sie im gleichen Moment. Das sieht so komisch aus, daß wir beide darüber lachen müssen. Und in meiner Nase hängt der Geruch nach schwitzender Stadt, und mir wird weich...
Die Fenster sind weit geöffnet. Von irgendwo dringt Opernmusik in unser Zimmer. Rot-blau, rot-blau, das Reklamelicht. Wir liegen auf dem Bett, und langsam streicht seine Hand über meinen nackten Körper. Nichts denkt, ich höre nur dem leisen, leidenschaftlichen Gesang zu, fühle seine starke Hand auf meiner Haut. Feuchte Hotelluft hängt im Raum. Er

küßt mit weichen Lippen meine Brüste. Küßt mich zwischen die Schenkel, läßt seine Haare über meinen Bauch fahren, er ist nur Zärtlichkeit.
»Ich möchte zerfließen«, flüstere ich. Er nimmt meinen Kopf zwischen seine Hände.
»Tu's, liebe mich«, seine Zunge streicht über mein Ohr, seine Haut so sanft, »liebe mich.« Jetzt kann ich ihn überall fühlen, wie von selbst schmiegt sich mein Körper ganz an ihn, kein Suchen mehr, keine Wut, nicht ein Hauch von Wollen, sinken wir in einen Strudel, der uns immer tiefer zieht. Längst gestorbene Sehnsucht überschwemmt mein Denken, während ich ihn weit in mir spüre. Ich suche seinen Mund, ertrinke in ihm, fühle irgendwann Tränen auf meinen Hals tropfen, oder ist das Schweiß, egal. Was ist das, daß wir so ganz zusammenfallen, wenn wir uns am Tag derart fremd sein können, schießt mir durch den Kopf, nein. Nur kein Denken jetzt. Jetzt nur Gefühl, ganz Gefühl sein, und er sagt:
»Ich fick dich tot«, und ich stelle es mir göttlich vor, totgefickt zu werden. Sein warmer Atem verbrennt meine Haut, wir schwimmen in einem See aus Säften und Liebe.
Tiefer und tiefer, nicht mehr unterscheiden könnend zwischen Ich und Du, wie in Zeitlupe strömen wir ineinander. Ist es die Erschöpfung von der Reise oder unerklärliches Du-bist, ich habe das nie erlebt: Es liebt sich weich von selbst. Und endlich, als breche ein Damm, fliege ich davon. Tausend Bilder durch-

fluten mich, ich glaube, ich bin laut, kann nichts hören, halte mich nur an ihm fest, und ein Strahlenbündel stürzt hinab, in alle Ritzen...

Langsam schwimmen meine Sinne wieder an die Oberfläche, ich höre ihn stöhnen, küsse seinen schweißnassen Hals, seine Hände, fühle seine Muskeln. Jetzt reißt es ihn hoch, fast wie ein Kind schluchzt er auf, und ich spüre ihn in mir zucken. Wieso kommen mir wieder Tränen? Knochenlos läßt er sich auf mich fallen. Wir lassen uns Zeit. Entspannt liegen wir uns in den Armen und hören unserem Atem zu.

»Verrückt«, sage ich.

»Was, verrückt?«

»Alles!« Er streicht mir die Tränen aus dem Gesicht. »Warum laufen da Tränen?« Was soll ich antworten? Es gäbe nichts zu sagen. Ich stecke meinen Kopf unter seine Achseln. Jetzt habe ich Angst.

»Wir zwei«, flüstere ich.

»Ja«, sagt er einfach.

Bevor ich einschlafe, höre ich, wie er sich eine Zigarette anzündet.

Ich wache auf und bin alleine. Keine Ahnung, wie spät es ist. Nirgends eine Uhr im Zimmer. Ich habe keine Lust aufzustehen und keine Lust liegenzubleiben. Der Himmel sieht verschmiert aus. Ohne das Rot-blau, Rot-blau wirkt unser Zimmer abweisend, mit seinem Nur-das-Nötigste. Ich bin froh, daß keine Bilder an den Wänden hängen. Diese Art von Hotel-Kunst strömt die größte Traurigkeit aus, die ich kenne. Ich wickel die Bettdecke um mich, öffne das Fenster und sehe auf die Straße. Mein Körper ist schlafwarm, während mein Gesicht die frische Morgenluft streichelt. Schräg gegenüber lehnt eine ältere Frau aus dem Fenster. Gerade so wie ich. Mit unbeweglicher Miene beobachtet sie ihre Straße. Warum sehen Menschen stundenlang aus dem Fenster. Daß sich etwas vor ihren Augen bewegt, überlege ich. Und denke daran, wie oft ich zu Hause den Fernsehapparat einschalte, ohne davorzusitzen, ohne zuzuhören, nur der Geräusche wegen, die andere als ich verursachen. Tiere. Die dort, gegenüber, hängt auf der Fensterbank wie ein alter Pavian auf seinem Felsen.

Auf dem Nachttisch steht ein Radio. Ich schalte es ein. Französische Schnulzen füllen den Raum. Laut vor mich hinträllernd gehe ich ins Bad.

Jemand sagte mir einmal, nach dem Aufstehen solle man eine halbe Stunde singen und man wäre wach und gutgelaunt den ganzen Tag. Einfach-Sätze. Lügen-Sätze.

Während ich unter der Dusche stehe, überlege ich, was Werner jetzt macht. Wir waren immer noch nicht zusammen betrunken. Heute morgen fühle ich mich verliebt. Heute morgen fühle ich mich schön. Ich beschließe, der Nacht mehr zu glauben als dem Tag. Vielleicht werde ich später durch die Stadt bummeln und mir etwas zum Anziehen kaufen. Jetzt sind die 800 DM ein gutes Gefühl.

»Hallo, ich bin wieder da!«

»Ich komme gleich«, rufe ich zurück. Ein Blick in den Spiegel. Nein. Ich habe keine Lust, mich zu schminken. Heute mag ich mein nacktes Gesicht.
Als ich aus dem Bad komme, sitzt er rauchend auf dem Bett. Ich sehe seinem Gesicht an, daß etwas nicht in Ordnung ist.
»Du siehst aus wie Hollywood«, ich habe einen Turban um meine nassen Haare geschlungen, »küß mich«, verlangt er. Seine Lippen wollen nicht.
»Ich habe Hunger«, stelle ich laut fest. Sein Mund lächelt, seine Augen sind kalt, irgendwo.
»Was hast du?« frage ich ihn.
»Nichts, gar nichts«, lügt er, »zieh dich an.«
Der alte Pavian sitzt noch immer auf seinem Felsen, als wir auf die Straße treten. Weshalb sagt er mir nichts. Weshalb sagt er nicht einfach, was los ist. Gut. Abwarten. Zeit-lassen. Wir sitzen in seinem Auto und fahren zu einem Café, das er kennt. Jetzt gibt er sich Mühe.
»Ich mag Marseille nicht«, sagt er gerade, »zuviel Dreck. Du solltest dir den Hafen ansehen. Der ist beeindruckend... ich lasse dich ungern alleine rumlaufen, du mußt vorsichtig sein...«
Er redet und redet, so kenne ich ihn nicht. Er scheint besorgt zu sein, verunsichert, dabei bin ich heute morgen verliebt.
»... wir werden einmal zu meiner Mühle fahren, weg von allem. Winter ist die schönste Zeit dort.« Ich habe das Bedürfnis zu schreien, statt dessen sage ich nur,

»ja, schön...« ja schön, ich bin ihm nicht böse, ja schön, er wird seine Gründe haben, ja schön, wir werden zu seiner Mühle fahren, ja schön, ja schön, ja schön. Weshalb bin ich jetzt empfindlich, vielleicht bekomme ich meine Tage, vielleicht ist mir nur fremd. Ich erinnere mich, mein erstes Gefühl bei ihm war Kampf. Kampf, bei dem ich entspannt unterliegen kann. Ich lehne meinen Kopf an seine Schulter, und endlich schweigt er.

Wir halten vor einem kleinen schmutzigen Café, dessen Schaufenster seit Jahren nicht mehr dekoriert scheinen. Innen empfängt uns Zwielicht. Ein Laden, fast leer. An einem der fünf runden Tische sitzen drei Alte und spielen Karten. Alte, die aussehen, als säßen sie ihr ganzes Leben hier. An der Theke lehnt ein Junge im Monteuranzug, seinen Kaffee schlürfend, auch ein Alter. Wir werden kurz und genau wahrgenommen. Ich verstehe nicht, warum mich Werner ausgerechnet hierher führt, aber ich fühle mich sofort wohl. Er sagt mir, ich solle mich schon setzen, er sähe nach Sophie. Welche Sophie, keine Erklärung, ich bin gespannt. Hinter der Theke geht es drei Stufen hoch, vielleicht zur Küche, vielleicht zu Privaträumen. Werner öffnet die Tür und ruft:

»Allo? Sophie?«

»Qui...« brummt es von hinten. Schlurfende Schritte, dann steht sie da. Eine alte versoffene Schlampe mit wasserstoffgebleichtem Haar à la Marilyn Monroe.

»Ah non! C'est mon Wörnee«, ihr Lachen läßt den

gewaltigen Busen beben. Sie umarmen sich herzlich, küssen sich laut auf die Wangen, es ist schön, die beiden zu beobachten.
Er strahlt, ihr fehlt ein Zahn. Mit wabbelnden Armen hält sie ihn weit von sich, betrachtet ihn von oben bis unten. Leider kenne ich nur ein paar französische Worte, ich verstehe nicht, was sie sagen. Aber ich sehe, was sie sagen. Wenn sich zwei lange nicht gesehen haben, sieht das überall gleich aus. Er führt sie zu unserem Tisch und stellt mich vor. Sie sieht mich genau an mit ihren intelligenten verquollenen Augen.
»Bonjour, ma petite.«
»Bonjour, Madame«, sage ich artig. Sie schüchtert ein. Man fühlt sich von so einer durchschaut. Jetzt nickt sie Werner kurz zu. »In Ordnung«, sagt ihr Blick. Und Werner grinst mich an.
»Sie ist nicht käuflich«, meint er anerkennend und bestellt endlich unser Frühstück. Aber vorher müßten wir noch einen Schnaps auf ihre Rechnung trinken, bestimmt sie. Bevor sie hinter der Theke verschwindet, küßt sie Werner noch einmal heftig auf die Wangen. Sie muß seinen Kopf zu sich herunterziehen, so klein ist sie. Mit freudigen Augen setzt er sich zu mir.
»Das ist meine kleine Sophie. Gefällt sie dir?«
»Natürlich«, antworte ich. »Du hast mir gar nichts von ihr erzählt.«
»Die muß man sehen. Da gibt es nichts zu erzählen.«
Das ist typisch für ihn. Ich freue mich. Ich freue mich, daß er mich hierher geführt hat. Ich freue

mich, daß seine Augen wieder sichtbar sind. Und natürlich bin ich eifersüchtig.
»Voilà«, sie bringt drei Schnapsgläser.
»Santé!« Wir trinken sie ex aus. Mein Magen rebelliert, mir schießen die Tränen in die Augen. Was für ein scharfes Zeug.
»Ah, ça fait du bien, eh?« brummt sie genießerisch, leckt sich die Lippen und legt ihr dickes Patschhändchen auf Werners Arm.
»Et tes affaires, ça va?« Bevor Werner antworten kann, geht die Tür auf. Ein verschusselter Alter tritt ein, und ich muß beinahe lachen. Das rechte Glas seiner Brille hat tausend Sprünge, es kitzelt mich im Bauch, zu sehen, wie er in aller Würde da durchblinzelt.
»Pierre«, schreit auf einmal die Madame. Während sie weiter auf ihn einbrüllt, erklärt mir Werner, daß der Alte ihr Untermieter sei und schwerhörig.
»C'est Wörnee«, ruft sie ihm ins Ohr. Er sieht uns mit gerunzelter Stirn an.
»Bonjour, Pierre, ça va?« sagt Werner. Jetzt erhellt sich sein Blick.
»Ah, oui, oui«, sagt er leise. Sie schütteln sich die Hände. Er streckt auch mir die Hand hin. Eine kleine kalte Hand.
»Je m'en vais en haut«, brummelt er verlegen vor sich hin und verschwindet hinter der Tür. Sie sieht ihm kopfschüttelnd nach. Brummt so etwas wie: armer alter Mann. Und verschwindet ebenfalls, mit der Bemerkung, daß sie jetzt unser petit déjeuner berei-

tet. Wo die zwei herkommen... ich fühle mich von ihren ungeschriebenen Gesetzen ausgeschlossen. Der Schnaps hat mich schwindlig gemacht.
Werner erzählt mir später beim Frühstück ihre Geschichte, die sie ihm einmal im Suff anvertraute. In Marseille geboren, Großfamilie, sie arbeitete schon als Kind in einer Gemüsehandlung, bis man sie dort vor die Tür setzte, weil sie schwanger wurde. Das Baby starb kurz nach der Geburt. Gott sei Dank, sage sie. Sie fand keine Anstellung und landete wohlbehütet in einem Bordell. Und endlich wurde sie, schon über vierzig, von einem heruntergekommenen Kapitän geheiratet. Dem fiel, kurz nachdem sie dieses Café eingerichtet hatten, eines Tages eine Ankerkette auf den Kopf, und sie war Witwe.
»Die kennt alles«, sagt Werner stolz. Die kennt alles, ja. Wieder: Leben, denke ich, immer und überall Leben und Geschichten, Leben und Geschichten... wo wird das aufbewahrt, ›Geschichten ohne Ende, und wenn, dann tödlich‹, hatte er gesagt. Ein paar verknüpft mit dem Danach, die Auswahl ist launisch, und mein Leben, denke ich, mein Leben, das macht mich auf einmal stolz. ›Mein Leben‹, das einzige, was mir gehört.
»Laß uns einen auf sie trinken«, schlage ich vor. Er freut sich darüber.
Als sie uns die neuen Schnäpse bringt, setzt sie sich zu uns und fragt ihn nach seinen ›affaires‹. Ich erkenne nur dann und wann ein Wort, sie sprechen schnell. Ihr Gesicht erinnert mich auf einmal an die eigenartige

Ruine, die ich auf einer Italienreise entdeckte. Ich hatte mich stundenlang mühsam durch dichtes Gestrüpp geschlagen, bis ich auf einmal vor dieser Ruine stand. Nur entfernt konnte man den ehemaligen Palast erahnen. Das Erschreckende war, da war nichts Verfallendes dran, das war einfach Zerstörung. Er schien nie bewohnt gewesen, als habe einer nach der Vollendung alles niederschlagen wollen. Ich verließ dieses Ding, so schnell ich konnte. Aber wenn diese Sophie lacht, ist nichts mehr von Zerstörung, da sieht sie aus wie ein kleines Mädchen, mit ihrer Zahnlücke.
Sie nimmt ohne zu fragen eine Zigarette aus meiner Schachtel, er gibt ihr Feuer. Aus ihrem Gesicht strahlt viel Gevögelthaben. Ob sie es noch tut, überlege ich. Vielleicht mit ihrem Untermieter. Nein. Oder wenn, dann aus Nächstenliebe. Ob Werner mit ihr gevögelt hat? Ich werde ihn fragen. Während er erzählt, legt sie mütterlich ihre Hand auf seine. Jetzt sieht sie ihn nachdenklich an. Fast, als hörte sie gar nicht zu. Oder als hörte sie etwas anderem zu als seinen Worten. Sie passen so gar nicht zueinander. Er legt die Hand auf mein Knie und sagt:
»Entschuldige das hier, ich muß ihr viel, viel erzählen.« Ich schüttle nur den Kopf. Warum entschuldigt er sich. Ich sitze gut.
Er sieht heute morgen erschöpft aus. Augenringe, sein Gesicht schmaler. Aber etwas brennt in ihm. Auf einmal bekomme ich Angst. Angst, ihn zu verlieren, bevor ich ihn kenne.

Jede fremde Pore seiner Haut zeugt von seinem eigenen Leben.
Neben der Frau sieht er fast zerbrechlich aus in seinem Ernst. Jetzt steht sie auf. Sie sind zum Ende gekommen, und ich bin gesättigt. Während er nur Kaffee trank, hatte ich viel Zeit, mir den Bauch zu füllen.
Ob wir noch etwas wollten.
»Non, merci«, antwortet er, ohne mich zu fragen.
»J'ai un rendezvous maintenant.« Ich höre ihn gern französisch sprechen.
»Wir müssen jetzt leider gehen, sonst komme ich zu spät,« erklärt er mir.
»Gut.«
»Wenn du willst, kannst du das Auto haben.«
»Und du?«
»Ich nehme ein Taxi«, antwortet er.
»Fein, danke.«
»Es tut mir leid, dich jetzt allein zu lassen«, sagt er weich.
»Ich werde dich vermissen«, ich küsse seinen Hals. Ich hätte Lust, mit ihm zu schlafen.
»Das hoffe ich«, meint er. Seine Gedanken sind woanders.
»Hast du mit ihr geschlafen?«
»Mit wem?«
»Mit der Sophie.«
»Nein«, lacht er. Schade, das hätte mir gefallen. Mit was für Frauen er bisher geschlafen hat? Was ist sein Typ?
»Was ist denn dein Frauentyp«, frage ich ihn.

»Du!« meint er und küßt meine Hand. Unfair. Aber ich lasse es stehen, wie immer, wenn man meiner Eitelkeit schmeichelt. Er bezahlt bei ihr, und wir verabschieden uns. Ihr Blick ist scharf, als sie mich auf die Wangen küßt. Wie könnte sie mich auch ernst nehmen, wenn ich nicht ihre Sprache spreche.
»A bientôt«, ruft sie uns hinterher.
»Da ist unser Hotel, siehst du, und hier gibt es die Geschäfte...«
Wir sitzen im Auto, den Stadtplan von Marseille auf meinen Knien.
»Soll ich dich nicht wohin fahren?« frage ich.
»Nein, nicht nötig... mach's gut, meine Geliebte.«
Er sucht meinen Mund und findet meine Nase. Verunglückter Kuß. Ich möchte ihn nicht gehen lassen, ich bin nervös. Er umarmt mich noch einmal, dann steigt er aus. Ich sehe ihm nach, bis er um die Ecke gebogen ist. Er hat etwas Selbstverständliches in seinem Gang. Das ruht. Ich freue mich darauf, ihn bald wiederzusehen. Während ich den Wagen starte, denke ich an unsere Nacht, und mir schießt es heiß in den Bauch.
Ich vergesse den Stadtplan und die Geschäfte und lasse mich neugierig vom Verkehr mitziehen.
Häuser, Häuser, Häuser. Arme Häuser, denen Wäsche aus den Fenstern hängt, in denen nur die Alten und die Toten den Tag verbringen. Das andere spielt sich auf den Straßen ab. Neue Häuser, so gesichtslos, als lebten in ihnen, wenn überhaupt, nur Büromaschinen.

Ich lenke den Wagen immer wieder in die kleinen Gassen, schwüler Sommer hängt dort noch in der Luft, dazwischen kleine Plätze, auf denen Boule gespielt wird. Es ist absurd, mit dem Auto durch eine fremde Stadt zu fahren. Man sieht viel und gar nichts. Ich schalte das Radio ein, habe inzwischen keine Ahnung mehr, wo ich mich befinde. Campari-Soda. Mit Eiswürfeln. Ich suche eine Bar. Und habe wieder Erinnerungen. Der Sommer da oder der miese Herbst dort. Als ich mir auf Naxos eines Tages das Moped lieh und damit über die Insel streunte. Ich hatte genug von Leuten, von Willi, wollte nur alleine sein. Das kleine Dorf in den Bergen. Weiße Häuser mit türkisen Fensterläden, sonniger Frieden, ein einsamer Platz in der Dorfmitte mit einem Cafenion, das leer schien. Ich setzte mich vor die Tür, bestellte Kaffee und schlug mein Buch auf. Auf einmal von überall Kinder, von mir angezogen wie die Fliegen von einem Misthaufen. Erst standen sie in einem Abstand von einigen Metern vor mir und starrten mich kichernd an. Rückten dann etwas näher, riefen mir Worte zu, die ich nicht verstand, lachten sich halbtot über meine Dummheit. Schließlich waren sie um mich, nahmen mir das Buch aus der Hand, wühlten in meinem Korb, befingerten neugierig das Moped, faßten mir verliebt in meine sonnengebleichten Haare. Sie entdeckten in der Mopedtasche meine Muscheln, und ich schenkte sie ihnen. Darauf verschwanden sie endlich. Ich hatte gerade eine halbe Seite gelesen, da kamen andere, wollten auch Mu-

scheln haben. Das hatte sich wohl inzwischen rumgesprochen. Ich versuchte, ihnen mit Händen und Füßen klarzumachen, daß ich alle verschenkt hatte. Sie wollten nicht verstehen. Also schenkte ich ihnen in meiner Verzweiflung mein Feuerzeug, ein paar deutsche Münzen, Haarspangen und was ich sonst noch bei mir fand. Ein kleiner Junge mit uraltem Gesicht kletterte auf meinen Schoß, klaute mir Zigaretten, ich hatte das Gefühl, ein Dorfereignis zu sein... Schließlich ergriff ich die Flucht. So müßte sich ein Außerirdischer fühlen, der auf die Erde kommt. Ich hätte für die nicht fremder sein können.
Ich trete auf die Bremse. Da ist sie, meine Bar. Ein paar kleine Plastiktische vor der Tür. An einem sitzt ein Pärchen. Ich wende den Wagen, um zu parken. Als ich mich an einen der Tische setze, stelle ich fest, daß mein Liebespaar von ungewöhnlicher Häßlichkeit ist. An ihr scheint alles zu üppig geraten. Dicke fleischige Nase über wulstigen Lippen, dick und fleischig ihre ganze Figur, Finger wie kleine Würste, mit denen sie ihm die Haare zerzaust. Er dagegen ein bleicher, verpickelter Mann, wesentlich älter als sie, vielleicht um die vierzig. Ein Teil einer Tätowierung blitzt unter seinem Ärmel hervor. Sie turteln wie die Täubchen. Er knabbert an ihrem großen Ohr, was sie sichtlich genießt.
– Campari-Soda, s'il vous plaît, – bestelle ich bei dem Jungen. Ich schätze ihn höchstens auf fünfzehn. Aus dem Lokal ist leise Rock'n Roll-Musik zu hören. Eigentlich sehen die nicht aus wie von hier.

Was ist jetzt? Auf einmal redet er auf sie ein, sie schüttelt nur den Kopf, es sieht aus, als würden die beiden gleich Krach kriegen. Das würde mir Spaß machen. Was will er von ihr? Noch ist er geduldig. Der kleine Kellner bringt professionell meinen Campari, mit einer Serviette über seinem dünnen Ärmchen. Langsam bricht die Sonne durch die Wolkendecke. Es ist wenig Verkehr auf der Straße. Fast verwundert stelle ich fest, wie fern ich in den zwei Tagen allen zu Hause geworden bin. So schnell: Es geht mich keiner mehr an. Nun redet sie. Ohne ihn anzusehen. Er ist ein Stück von ihr weggerückt, starrt dumpf auf sein Bier. Ich kann trotz aller Lauschbemühungen nicht verstehen, was sie sagt, noch in welcher Sprache. Es ist immer das gleiche, denke ich. Vielleicht ist er verheiratet, versucht ihr zu erklären, warum er sich nicht scheiden läßt. Nein. Zu einfach. Vielleicht hat er ihr unvorsichtigerweise geraten, ein wenig abzunehmen. Nein. Auch nicht. Sie wird ihm so fett gefallen. Vielleicht soll sie endlich ihren Bruder aus der gemeinsamen Wohnung schmeißen. Warum kann ich nicht immer so dumm herumsitzen, Campari trinken und die anderen sich abquälen lassen. Weil man nichtsnutzig ist, hat man gefälligst etwas aus seinem Leben zu machen. Dummsein ist mindestens ebenso verboten, wie jemandem ins Wohnzimmer zu scheißen. Na gut. Ich hole den Stadtplan aus dem Auto. Ich studiere gerne Stadtpläne fremder Städte. Wie heißt die Straße hier... rue d' Artignan. Rue d' Arti-

gnan... F17. Ich bin weit gefahren. Weit weg von unserem Hotel.
»Excuse me«, ich blicke auf, es ist die vom Nachbartisch, »could I have a look in your map, please? Just a minute...«
Das ist nicht ihre Sprache. Aus einer Ahnung heraus frage ich: »Sind Sie Deutsche?«
»Ach, Sie sind Deutsche! Nein, wir sind Österreicher.« Sie setzt sich zu mir. So war das auch wieder nicht gemeint.
»Sind Sie zu Besuch hier?« Ich frage mich, was die will.
»Nein, auf der Durchreise«, antworte ich. Was soll ich ihr erzählen. Ihr Kerl sieht nicht herüber.
»Wir auch. Wir wollen an die spanische Küste. Mein Verlobter hat dort in einem Hotel eine Stellung als Koch bekommen.« Ich glaube ihr kein Wort.
»Ach, das ist ja schön«, sage ich.
»Ich finde, Marseille ist eine schreckliche Stadt. Wissen Sie, was uns heute nacht passiert ist?«
»Nein...«
»Stellen Sie sich vor, man hat unser ganzes Geld geklaut!« Meine Lampen sind auf Alarm.
»... wir waren tanzen, und als wir an unseren Tisch zurückkamen, war alles weg. Alles. Ist das nicht gemein?«
»Ja.«
»Wir waren natürlich bei der Polizei. Aber die stekken alle unter einer Decke. Jetzt haben wir keinen Groschen mehr!«

Ich kann mir vorstellen, was jetzt kommt. Ich zünde mir eine Zigarette an, ohne ihr auch eine anzubieten. Er starrt noch immer dumpf auf sein Bier.

»Das ist schlimm für Sie«, meine ich.

»Sagen Sie, es ist mir wirklich unangenehm, aber könnten Sie uns nicht ein paar Francs geben, daß wir uns wenigstens etwas zu essen kaufen können?« Ich muß lachen. Kein Wort mehr vom Stadtplan. Wahrscheinlich haben sie das deutsche Kennzeichen an meinem Auto gesehen. Für wie blöd halten die mich. Ich sage zu ihr:

»Die Geschichte hätten Sie nicht extra erfinden brauchen...«

»Das ist wahr, wirklich, glauben Sie, ich lüge?« Ihre Stimme wird unangenehm schrill bei dem Wort ›lüge‹.

»... es hätte gereicht, wenn Sie mich einfach angepumpt hätten.«

Das ist ein Pärchen. Vielleicht Drogen. Was soll's, jeder versucht, auf seine Weise zu überleben. Jetzt ist sie auch noch beleidigt.

»Wieviel wollen Sie denn haben?« frage ich sie. Sie sieht mich kurz überrascht an, dann wird ihr Blick gierig.

»So viel, wie Sie uns geben wollen.« Ich überlege. Ich habe 2 900 FF gewonnen. Wäre am Schluß Rot gekommen, hätte ich hundert Franc verloren. Ich gebe ihr hundert.

»Hundert?« sagt sie ungläubig, »also das ist wirklich... Sie haben uns gerettet, vielen Dank, vielen, vielen Dank...«

Weit kommen die nicht damit, denke ich, es ist mir unangenehm, wenn sie sich so überschwenglich bedankt. Ihr ganzes Fett kommt ins Wallen.
»Nichts zu danken«, ich will sie jetzt loswerden, »das ist schon in Ordnung.« Sie geht zurück an ihren Tisch, redet kurz mit ihm, er blickt herüber, nickt kurz und ruft: »Danke.«
Sie lacht mich an, ihr Gesicht wird fast hübsch. Ich stelle mir die beiden beim Vögeln vor. Ich glaube, sie machen es nur von hinten. Ich denke an Werner. Ich möchte gleich, wenn er zurückkommt, mit ihm schlafen. Mir wird sehnsüchtig bei dem Gedanken. Die beiden Österreicher zahlen.
»Vielen Dank noch mal«, werfen sie mir im Vorbeigehen zu. Es wäre ihnen wohl peinlich, länger hier zu sitzen. Das kann ich gut verstehen. Es ist immer peinlich, dankbar sein zu müssen. Weshalb habe ich ihnen überhaupt das Geld geschenkt? Aus Mitleid bestimmt nicht. Langeweile. Der Witz. Nein. Vielleicht aus Bosheit. Um ihre Qual zu verlängern. Der Campari schmeckt mir heute nicht. Ich hätte Pernod bestellen sollen. Campari ist bedrängend, Pernod gemütlich. Bier ist dumm. Sekt geschwätzig, Cognac gebildet. Dumm herumsitzen. Zeit verwarten. Vielleicht bin ich morgen tot und wieweit bin ich gekommen? Bis zu der Erkenntnis, daß Sekt geschwätzig ist. Und wenn ich mehr wüßte? Tot ist tot. Ich beschließe, ein wenig zu laufen, um wieder nüchtern zu werden. Beim Bezahlen erfahre ich, daß es schon halb vier ist. Ich lasse mich ziellos treiben. Sehe mir

Schaufenster an, es ist nicht viel los, ich scheine mich in einem ärmeren Viertel zu befinden. Welcher Tag ist heute? Vielleicht Donnerstag oder Freitag. Ich laufe und laufe. Weiche Luft. Benzingestank. Gegenüber blitzt und blinkt es nur so in einem Schaufenster. Wie magisch angezogen, steuere ich darauf zu. Es scheint in diesem Laden alles zu geben. Kabel, Porzellanfiguren, Lampen, Schmuck, Strümpfe, Spielzeug. Ich trete ein, und eine Glocke spielt die ersten Takte einer Melodie. Es ist keiner zu sehen. Man könnte gut klauen. Ein leicht muffiger Geruch ist in der Luft. Zahllose Lampen hängen von der Decke herab, fast alle sind eingeschaltet. Überladene Regale, die Theke vollgestellt mit Spieldosen, Glühbirnen aller Art, Kartons mit Spitzenunterwäsche, ein Zauberreich. Jetzt höre ich Schritte, und eine junge Frau mit einem Baby auf dem Arm tritt hinter einem Vorhang hervor. Eine Araberin, als käme sie aus ihrem Zelt.
»S'il vous plaît?«
»... regarder, je regarder«, wehre ich mühsam stammelnd ab. Sie nickt nur lächelnd, was will ich? Ja, ich werde Werner etwas schenken. Nach langem Suchen finde ich ein Feuerzeug in Form eines roten Porsche. Wenn man leicht auf das Dach drückt, springt die Motorhaube auf, man hat Feuer. Ich lasse es mir als Geschenk verpacken und zahle 28 FF. Ich sehe mich weiter um, aber das Zauberreich entzaubert sich schnell zum Ramschreich. Ich verlasse das Geschäft und spaziere langsam zum Auto zurück. Mir fällt

ein, daß ich Mama einen Gruß schreiben muß. In einem ›Tabac‹ kaufe ich eine Ansichtskarte mit dem Hafen von Marseille vorne drauf. Ich laufe schneller. Er könnte ja vor fünf schon da sein. Ich halte fest das Päckchen in meiner Hand. Ich bin nicht sicher, ob er es versteht. R. hätte verstanden, wir haben uns fast nur Häßliches geschenkt. R.... in der Häßlichkeit konnten wir leicht eins sein. Vor der Schönheit hatten wir Angst. Endlich sitze ich im Auto. Es macht mir Spaß, durch die Stadt zu rasen. Die fahren hier wie hungrige Hornissen. Es ist kurz vor fünf, als ich den Hoteleingang betrete. Unser Schlüssel hängt noch.

»Quatorze«, sage ich zum Portier. Den hier habe ich noch nicht gesehen. Ein junger, hübscher. Mir fällt etwas ein, gerade, als er mir den Schlüssel reichen will.

»Ah, non... cinq minutes...« Gegenüber von unserem Hotel, neben der Reklamelicht-Bar, ist ein kleiner Lebensmittelladen. Ich kaufe eine Flasche Bordeaux und Kerzen. Ein kleines Fest, wenn er kommt. Kerzenlicht, Rotwein und der Porsche. Zurück im Hotel leihe ich mir vom Portier Korkenzieher und Gläser. Er sagt etwas lachend zu mir, das ich nicht verstehe, »comment«, frage ich.

»Are you celebrating something«, wiederholt er auf englisch.

»No... yes: love!« antworte ich, schon halb auf der Treppe.

»Thats the only thing one should celebrate«, ruft er

mir hinterher. Er weiß gar nicht, wie recht er hat, denke ich und schließe unsere Tür auf. Starre Hotelzimmerluft empfängt mich. Fenster auf. Ich gehe ins Bad und schminke mir die Lippen. Wie blaß ich bin, ich sollte weniger rauchen. Jetzt Kerzen anzünden. Das Wachs tropft enervierend langsam auf den Tisch. Endlich habe ich es geschafft, die zwei Kerzen zu befestigen. Ich stelle die Gläser auf den Tisch, lege das Päckchen daneben, entkorke die Flasche und schalte das Radio ein. In unserem Zimmer ist es so fast gemütlich. Jetzt könnte er kommen.

Auf dem Nachtkästchen liegt die Ansichtskarte. Ich lege mich auf das Bett und überlege, was ich Mama schreiben soll.

›Liebe Mama, mir geht es gut, Gruß und Kuß Pol.‹ Das würde sie nicht einmal kränken. Ich sehe sie die Karte der Nachbarin zeigen und stolz erklären, ihr Mädchen drehe in Marseille einen Film. Ungefähr so. Ihre Verhinderung soll ich leben. Sie ließ mir Klavierstunden geben, zwang mich zu malen, schleppte einen Haufen guter Bücher an, die mich nicht interessierten, und nannte mich ›begabt‹. Sie gesteht sich bis heute nicht ihre Enttäuschung ein, daß ich versagte. Mir soll es recht sein.

›Liebe Mama‹, schreibe ich, ›die Fahrt lief gut und wir hatten einen schönen Aufenthalt in Monte Carlo. Ich bin gerade alleine, weil Werner sich mit seinen Geschäftspartnern trifft. Ich weiß noch nicht, wann wir zurückkommen. Mir geht es auf jeden Fall sehr gut, also mach Dir keine Sorgen. Alles Liebe, bis bald, Deine Pol.‹ Briefmarke drauf, fertig. Zong. Jemand kommt die Treppe herauf. Das wird er sein, ich gehe zur Tür und öffne sie einen Spalt. Es ist niemand im Gang zu sehen. Leise enttäuscht gehe ich ans Fenster und sehe auf die Straße. Nichts. Der Pavian fällt mir ein. Meine Verbündete. Sie sitzt nicht da. Ich lege mich wieder aufs Bett. Ihn wird wohl etwas aufgehalten haben. Hoffentlich denkt er daran, im Hotel anzurufen, sollte es länger dauern. Ich habe Hunger. Ob ich schnell runtergehe und mir etwas hole? Vielleicht verpasse ich ihn dann. Und meinen feierlichen Empfang. Ich schenke mir einen Schluck Wein ein. Im Radio spielen sie ›Strangers in the Night‹. Good old Frankie-Boy. Weit von mir gestreckt betrachte ich meine Hände. Alte Hände. Fünfundzwanzig Jahre. Fünfundzwanzig Jahre greifen sie, erklären sie, berühren sie, halten sie, wie ich sie so ansehe, werden sie immer fremder, zwei eigene Wesen. Ich warte auf ihn, Hände warten nicht. Hände können gar nicht warten. Hände wissen nichts von Zeit. So könnte sich ein Baum fühlen. Wie Hände. Ich erinnere mich, einmal gelesen zu haben, daß einer, dessen Hand abgehackt wird, sie trotzdem noch spürt. Ich frage mich, in wessen Kopf der Baum gespürt wird, wenn er abgehackt wird. Wieviel Uhr ist es? In meinem Mund schmeckt es nach bitterem Rotwein und zuviel Zigaretten. Und der Hunger frißt meinen Magen auf. Ich beschließe, nach unten zu gehen und zu fragen, wie spät es ist, und gegenüber eine Stange Weißbrot zu kaufen. Vielleicht ist ihm etwas passiert. Sein besorgter Ausdruck, als ich aus dem Bad heute morgen kam. Seine Abwesenheit, als wir uns verabschiedeten...

Es ist erst halb sechs, erfahre ich von dem hübschen Jungen. Das beruhigt mich. Er wird bald kommen. Eine halbe Stunde ist nicht viel Verspätung.

Ausgehungert breche ich mir schon auf der Straße ein Stück von dem eben gekauften Weißbrot ab. Ich gehe ein wenig vor dem Hotel auf und ab, den Kreislauf wieder in Schwung zu bringen, das frische Brot schmeckt herrlich. Ich werde fünf Autos abwarten, dann gehe ich wieder nach oben. Ein schwarzer Citroën fährt vorbei. Nichts. Jetzt kommen zwei Wagen hintereinander. Der erste fährt in rasendem Tempo vorbei. Als mich die Kerle drinnen bemerken, hupen sie wild. Der zweite, ein grauer Peugeot hält ein paar Meter vor dem Hotel. Ich erkenne undeutlich drei Gestalten. Er sitzt nicht drin. Zwei Männer und eine Frau steigen laut diskutierend aus. Sie ist um die fünfzig. Typische Französin. Die beiden könnten ihre Söhne sein. Sonst ist die Straße leer. Jetzt verschwinden sie im Hauseingang. Keine Menschen mehr. Keine Autos. Ruhe. Ich werde nervös. Was hat das zu bedeuten? Mir fällt auf, ich kenne niemanden, den ich nach Werner fragen könnte. Höchstens seine Sophie. Da, ein Taxi biegt um die Ecke. Das vierte Auto, in dem muß er sitzen. Endlich. Er muß es sein. Dreimal im Kreis gespuckt. Er muß es sein. Das Taxi kommt langsam näher. Warum bremst er nicht ab? Jetzt erst sehe ich, es sitzt außer dem Fahrer niemand drin. Er fährt vorbei. Jede freudige Erwartung ist in mir zusammengefallen. Das fünfte Auto fährt vorbei, er ist noch nicht da. Immerhin habe ich fürs erste meinen Hunger gestillt. Soll ich noch weitere fünf Wagen abwarten? Warten. Es quält mich bis aufs Mark zu warten. Jeden quält es zu warten. Das Aufrechterhalten von Spannung. Man kann nicht loslassen. Warten. Erwarten. Kräfteverlust. Man wartet sein ganzes Leben. Auf ein Irgendwas. Man wartet sogar auf den Tod. Das aber nicht ehrlich.

Ich habe jetzt genug. Der Portier ist gerade nicht da, als ich an der Portiersloge vorbeikomme. Das erleichtert mich. Es wäre mir peinlich, wenn er meine Frustration bemerken würde.

Ich stehe unschlüssig mitten im Zimmer. Da liegt die Postkarte, die Kerzen brennen, der dekorierte Tisch, und aus dem Radio tönen Schlager. Was kann ich tun. Mein Blick fällt auf seinen kleinen Koffer. Billig-Koffer. Wo ist sein großer? Dort, er hat ihn ausgepackt und auf den Schrank gestellt. Er muß das getan haben, als ich schlief. Seltsames Gefühl, seinen Spuren zu folgen, als er sich unbeobachtet glaubte, und jetzt, als dringe ich in einen verbotenen Bereich. Ich möchte nicht spionieren. Ich nehme den kleinen Koffer und setze mich damit aufs Bett. Was hoffe ich zu finden, ich weiß es nicht. Vielleicht will ich mir nur die Zeit vertreiben mit spannenden Heimlichkeiten. Ich horche, ob jemand kommt. Nichts. Stille. Unsicher öffne ich das Ding... wie enttäuschend, es scheint nichts weiter Interessantes zu enthalten. Ein kleiner Taschenkalender, ein Buch, Sonnenbrille und ein dunkelrotes Lederetui. Das ist alles. Als erstes nehme ich das Buch heraus, es hat den unbegreiflichen Titel ›Chemie für Anfänger‹. Ich muß beinahe laut lachen. Was kann so einen an Chemie interessieren? Das ist so bizarr, als hätte ich in seinen Sachen einen Tirolerhut entdeckt. Chemie für Anfänger. Ich blättere ein wenig darin. Ein ganz normales Sachbuch, es steht kein Name vornedrin, auf der letzten Seite steht mit Bleistift der Preis: 17,80 DM. Es scheint neu gekauft zu sein. Ich halte es an meine Nase und sauge den frischen Papiergeruch ein. Ich könnte mich an frischem Papiergeruch besaufen. Chemie für Anfänger. Ich stelle mir Werner in der Buchhandlung vor, dieses Buch verlangend. Verständnislos lege ich es wieder in den Koffer zurück. Ich ärgere mich, daß ich ihn nicht danach fragen kann, ich müßte sonst zugeben, in seinen Sachen gestöbert zu haben. Jetzt das Lederetui. Es sieht nicht billig aus, innen sind fein säuberlich Nagelschere, Feile, das Gerät, um sich den Dreck unter den Fingernägeln rauszubohren (ich habe nie verstanden, warum das extra erfunden wurde, den Dreck bekommt man ebensogut mit der Schere weg), Nadeln und Nähseide aufgereiht. Plötzlich höre ich unten einen Wagen halten, jemand wirft eine Autotür zu. Ich schmeiße das Etui schnell in den Koffer und stürze ans Fenster. Nein, der Wagen hält gegenüber. Nicht weiter nachdenken. Weiter seine Sachen ansehen. Nicht nachdenken. Der Taschenkalender. Ich

setze mich wieder aufs Bett und nehme den Taschenkalender in die Hand. Er ist von diesem Jahr. Es steht nichts drin. Doch, hier, am 15. Juli eine Eintragung: ›17 Uhr Laura P. bringen‹. Wer ist Laura? Wer oder was ist P.? Kann Pudel, Pillen, Pulver oder sonstwas sein. Pulver. Wie komme ich auf Pulver? Mich beschleicht ein Verdacht, dem ich schnell versuche, die Luft abzudrücken. Selbst wenn, es gibt keinen Grund, mich zu beunruhigen. Wieviel Uhr ist es jetzt wohl? Wo bleibt er nur? Weiter, Rätselraten macht ja Spaß. Hier, noch eine Eintragung, am 2. September, also vor etwa sechs Wochen: 162 + 318 + 157,70 = 637,70... 637,70 : 3 = 212,50.
212,50 hat er dick unterstrichen. Sonst finde ich nichts. Keinen Namen, keine Telefonnummern, nichts. Ich klappe den Kalender wieder zu, lege ihn in den Koffer und stelle ihn an seinen Platz zurück. Weiter warten. Ich zünde mir eine Zigarette an und lege mich wieder aufs Bett. Sein Chemiebuch. Dieses P. ... vielleicht hat er doch wieder mit Drogen zu tun. Er sagt, das sei vorbei. Ich sehe uns in seiner Mühle, uns entdeckend. Ich denke an R. und mich. Ein ewiges Mißverstehen. Anstatt den anderen zu ergründen ihm nur zu mißtrauen. Miß, miß, miß-... Diesmal könnte ich versuchen, es richtiger zu machen. Zeit lassen. Langsam werde ich ruhiger. Er wird mir erzählen.
Es klopft. Er hat sich den richtigen Zeitpunkt ausgesucht, denke ich. So froh, so froh... wieso klopft er? Es ist offen. Also gut, ich spiele mit.
»Niemand zu Hause«, rufe ich.

»Allo, Madame?« Verdammt. Mißmutig stehe ich auf und öffne die Tür. Es ist der Hübsche von unten.
»Excuse me«, sagt er lächelnd. Das nützt mir auch nichts.
»... we would like to know how long you will stay?!«
Es ärgert mich, daß er gerade jetzt kommen muß. Jetzt macht er mich wieder zur Wartenden.
»I really don't know yet«, antworte ich, »we tell you tomorrow, is that o.k.?«
»Yes, thank you«, er wendet sich zum Gehen.
»Please, could you say me the time?« Er sieht auf seine Uhr.
»Ten minutes after six.«
»Thank you.« Ich schließe die Tür. Thank you. Wofür bedanke ich mich. Zehn nach sechs. Zehn nach sechs und draußen wird es langsam dunkel. Ich schenke mir wieder Wein ein und schleppe mich wieder auf das langweilige Bett. Eigentlich mag ich keinen Rotwein. Aber besser als nichts. Die Musik aus dem Radio geht mir jetzt auch auf die Nerven. Ich schalte es aus.
Irgendwo in einer Stadt liegt jetzt jemand auf dem Bett und wartet. Irgendwo steht ein Joschko in einer Kneipe und schenkt Bier aus. Irgendwo liegt ein Toter, der mal Bruno hieß, unter der Erde. Irgendwo hockt eine Mutter vor dem Fernseher, ohne Ahnung. Viele Irgendwo. Und er? Der Wein macht müde. Wie allein jeder letztlich ist. Und langsam fallen mir die Augen zu. Ich erinnere mich an unsere

Fahrt an der Küste. Wie wir aus dem Dunkel in den Morgen fuhren. In die Helligkeit. Immer heller. Weite Ebenen tun sich auf. Ohne Anzeichen menschlicher Zivilisation. Das Auto, in dem ich sitze, ist nach allen Seiten offen. Ich fahre ewig. In die Sonnen. Oder fliege ich? Ich blicke nach unten. Tatsächlich, ich schwebe ein paar Meter über dem Boden. Das Gefühl kitzelt mich im Bauch. Ich muß kichern über diese ungewohnte Leichtigkeit. Und ich fliege weiter und weiter. Der Wind öffnet meine Haut. Es ist kein Horizont zu sehen. Himmel und Erde haben sich ohne Übergang zu einer riesigen Kugel verschmolzen. Ich sause darin herum und kann nicht aufhören zu lachen.
Plötzlich wache ich auf. Mein eigenes Lachen hat mich geweckt. Noch den Traum hinter mir herziehend, kichere ich mich aus. Um mich ist es so dunkel. Wie lange habe ich geschlafen? Es schienen nur zwei Sekunden, aber ich sehe, daß die Kerzen ganz heruntergebrannt sind. Er ist noch nicht da. Das macht mich mit einem Schlag hellwach. Ich muß sofort wissen, wie spät es ist.
Ich stehe auf und eile nach unten. Jetzt steht der Portier da, den ich von unserer Ankunft her kenne. Ich frage den grauen Menschen nach der Zeit. Es ist viertel nach zehn. Mir wird fast übel. Jetzt nicht panisch werden. Ich gehe wieder nach oben, mache alle Lichter an, um die Gespenster zu vertreiben, und setze mich auf einen Stuhl. Mein Magen knurrt, aber ich könnte keinen Bissen Brot herunterbringen...

Viertel nach zehn. Das sind über fünf Stunden Verspätung. Da finde ich keine Erklärung mehr. Langsam kriecht die nackte Angst in mein Hirn. Wieder fällt mir sein Verhalten diesen Morgen ein...
Ich muß jetzt handeln. Aber was, wie? Ruhe. Warum hat er mir nicht wenigstens gesagt, wohin er geht? Sagte er nicht irgendwann, er wolle zum Hafen? Nein, ich bin mir nicht sicher. Und selbst wenn, was hilft mir das auch, der Hafen ist groß. Wenn ich hier weiter untätig herumsitze, werde ich verrückt. Sophie! Ja, ich werde zu seiner Sophie fahren. Sie wird wissen, was man tun kann. Der Gedanke beruhigt mich fast. Ich stecke mein Geld und Wagenschlüssel ein, schreibe ihm einen hastigen Zettel, daß ich auf der Suche nach ihm sei und sperre das Zimmer ab. Da muß man jetzt klar im Kopf bleiben. Klar im Kopf, denke ich nur, während ich nach unten gehe und den Schlüssel abgebe, ihm kann nichts passiert sein.
Es hat leise zu regnen begonnen. Die spiegelschwarze Straße erinnert mich an Kasino.
Ich müßte dringend aufs Klo. Da ich keine Lust habe, wieder hoch zu laufen, vor allem, da mich alles zu Sophies Café drängt, pinkel ich neben den Wagen, und es ist mir völlig gleichgültig, ob mich dabei jemand beobachtet. Als ich im Wagen sitze, erinnere ich mich, daß ich das Fenster offen gelassen habe. Egal. Soll es reinregnen. Das ist doch alles so egal jetzt. Gerade als ich starten will, fällt mir ein, daß ich ja keine Ahnung habe, wo das verdammte Café ist. Ich versuche, mich zu erinnern, wie wir gefahren

sind. Zwecklos. Der Stadtplan. Ich schalte das Innenlicht ein und schlage den Stadtplan auf. Von der rue d' Artignan aus, an den Namen erinnere ich mich noch, Gott sei Dank, rekonstruiere ich ungefähr den Weg zurück, kreise das Gebiet ein, in dem sich das Café befinden müßte. Das ist auch nicht allzu weit vom Hotel, wir sind heute morgen vielleicht zehn Minuten gefahren. Das ist richtig jetzt. Technisch sein.
Ich starte den Wagen und fahre los. Ich überlege mir, wenn ich es aus dem Wagen heraus nicht entdecke, werde ich mich durchfragen. Der Regen ist jetzt stärker geworden. Ich fahre viel zu schnell, schlechte Sicht, erst wenn ich mich in dem Viertel befinde, werde ich ruhiger werden. Fünf Stunden Verspätung. Mir wird kalt. Er hätte doch angerufen. Er kann einen Unfall gehabt haben. Vielleicht ist er verhaftet worden. Ich kenne mich da nicht aus, aber ich überlege mir, selbst dann müßte er doch innerhalb von fünf Stunden Gelegenheit bekommen haben zu telefonieren. Eine verzweifelte Sehnsucht nach ihm überkommt mich, als ich an meine Lust heute nachmittag denke. Das nützt nichts. Man muß sehen, daß man klar bleibt. Ich drücke mein Verlangen in meine Arschbacken. Was, wenn ich das Café nicht finde? Dann werde ich die Kliniken anrufen. Wenn das auch nichts ist? Dann werde ich zur Polizei gehen. ›Die stecken alle unter einer Decke‹, fällt mir ein, das sagte die Dicke. Unsinn. Andererseits, vielleicht klärt sich alles auf, und dann hätten wir die

Polizei auf dem Hals. Er. Mit seinen ›Geschäften‹. Marseille, eine fremde Stadt, eine fremde Sprache. Wie soll ich ihn da finden. Ein Gedanke überstürzt den nächsten. Und in den Arschbacken die Sehnsucht. Mir ist zum Heulen.

Jetzt langsamer fahren. Ab hier muß ich Ausschau halten. Systematisch kämme ich die Straßen durch, eine nach der anderen. Einmal denke ich, das ist sie, die Straße, ich ramme fast zwei Autos beim Wendemanöver, aber kein Café weit und breit. Ich sehe mir unsinnigerweise jeden Fußgänger genau an, als könnte es den Zufall geben, ihn so zu entdecken. Meine Augen schmerzen, ich weiß nicht, wie lange ich schon so fahre. Vielleicht suche ich im völlig falschen Viertel. Aber ich suche weiter. Immer weiter. Je länger ich fahre, desto unsinniger kommt mir die ganze Aktion vor. Ich sollte ins Hotel zurück und dort auf ihn warten. Vielleicht ist er schon da. Vielleicht macht er sich jetzt seinerseits Sorgen. Der Gedanke hat etwas Einfaches, ich klammere mich fest daran, stelle mir vor, wie zwei sich eine ganze Nacht lang suchen. Während ich weiter Ausschau halte, fällt mir meine Katze Mimo ein. Eines Morgens war sie verschwunden. Ich suchte den ganzen Tag verzweifelt nach ihr. Fragte die Nachbarn, lief durch die Straßen, sie war nirgends zu finden. Ich war völlig aufgelöst vor Sorge. Ich sah sie überfahren im Graben liegen, oder verirrt und verhungert, nie mehr zurück findend. Später am Abend hörte ich plötzlich ein kleines zaghaftes Miauen. ›Mimo‹, schrie ich. Da

war es wieder. Ich fand sie im Schrank. Heulend schloß ich sie in meine Arme. Kleine Mimo... Werner sitzt nicht im Schrank. Werner ist jetzt im Nirgendwo. Schreckliches Nirgendwo. Wie ein Schlag fallen mir jetzt seine Worte ein, als ich gestern bezahlen wollte. War es wirklich erst gestern? ›Behalt dein Geld, vielleicht brauchst du es noch!‹ Vielleicht brauchst du es noch... er wird es nicht so gemeint haben, nur, weshalb drückte er es so aus?
Ich habe keinen blassen Schimmer, wo ich mich jetzt befinde. Das Gebiet, das ich durchsuchen wollte, habe ich längst hinter mir gelassen. Hier war ich noch nie. Alles Geschäftshäuser, Banken, Versicherungen. Ich wollte doch Passanten nach Sophies Café fragen. Marseille ist groß. Was hätte das für einen Sinn. Ich kenne nicht einmal den Namen ihres Cafés. In mir ist kein Gefühl mehr. Trübe Hoffnungslosigkeit.
Ich wende den Wagen und fahre zum Hotel zurück. Mein Hirn ist leer. Meine Augen gehören mir nicht mehr, sie suchen noch, während ich nichts mehr sehen will. Nichts mehr verstehen kann. Ich bin müde. Unendlich müde.
Zurück im Hotel, fällt als erstes mein Blick auf den Schlüssel, der da hängt. Ich habe auch nichts anderes erwartet. Es ist zu spät. Ich lasse mir vom Portier das Telefonbuch geben. Es ist kurz vor zwölf. In der Telefonkabine rufe ich eine Klinik nach der anderen an.
»Do you speak english?«

»Yes...« unverbindliche Freundlichkeit.
»I have a question: I miss since hours a friend of mine, a German. About 35 years old. His name is Werner Konzer. K-O-N-Z-E-R.«
»Just a minute...«
Ich warte. Eine halbe Minute später:
»No, I am sorry, we have nobody here with this name.«
Ich frage, ob überhaupt jemand in den letzten Stunden eingeliefert wurde, auf den die Beschreibung passen könnte. Fehlanzeige. Die nächste Nummer.
»Do you speak english?« Ich triefe vor gleichgültiger Freundlichkeit, mit der man mich übergießt. Die nächste Nummer... die nächste... überall die gleiche Auskunft. Jetzt habe ich sie alle durch. Ich habe das Gefühl, gleich ohnmächtig zu werden. Zuviel geraucht, nichts gegessen, nach Luft schnappend stürze ich aus der Kabine. Mein Magen krampft. Obwohl ich weiß, daß es sinnlos ist, frage ich den Portier, ob er nicht eine Nachricht für mich hat.
»Non, Madame.« Natürlich nicht, du graue Wurst. Ich gehe nach oben und lasse mich erschöpft auf das Bett fallen. Mein Blick fällt zufällig auf das kleine Geschenk. Unwiderlegbar knallt es in mein Hirn: Er ist seit sieben Stunden verschwunden. Er ist unendlich verschwunden. Einfach nicht gekommen. Einer kann nicht so einfach verschwinden. Das ist schwarzes Dunkel, ohne Ausweg. Mein Magen zieht sich zusammen. Ich muß mich übergeben. In letzter Sekunde schaffe ich es, meinen Kopf über die Schüssel

zu hängen. Ich gebe fast nichts von mir. Trotzdem würgt es mich immer wieder. Endlich kommt Frieden in meinen Bauch. Mit zitternden Händen putze ich mir die Zähne und krieche frierend unter die Bettdecke. Ich hätte etwas essen sollen. Oder mir von irgendwo eine Pizza mitnehmen. Wenigstens habe ich das Brot gekauft. Ich breche mir ein Stück davon ab und kaue es langsam und vorsichtig. Mein Magen rebelliert nicht. Das ist gut. Ich sitze im Bett und esse ein Stück Brot nach dem nächsten. Ich kann sonst nichts tun. Brot essen. Nicht einmal die Krümel auf dem Bett stören mich. Nichts fällt mir ein. Ich kann mir nicht einmal mehr Sorgen machen. Nur Brot essen. Beruhigen. Was könnte ich jetzt noch tun? Ich werde schlafen und morgen... ich fürchte mich vor dem Morgen. Aufzuwachen und neben mir ist es leer. Aber ich werde wieder Kraft haben und von neuem zu suchen anfangen. Oder warten. Müde ziehe ich mich aus und lösche das Licht. Ich verstehe nichts mehr. Wie als Kind weine ich mich in den erlösenden Schlaf...

Da ist jemand im Zimmer. Es ist mitten in der Nacht. Schlaftrunken flüstere ich:

»Werner?« Niemand antwortet. Schwarze Ruhe. Ich muß die Augen öffnen, um den Grund für mein Erwachen zu erfahren – und erstarre wie auf dem Höhepunkt einer Explosion. Ich erkenne undeutlich zwei fremde Kerle. Sowas kann man nur träumen, denke ich, und schon hat der eine die Hand auf meinen Mund gepreßt, während sie kurz miteinander flüstern. Fremde Sprache. Die harte Hand riecht nach altem Tabak. Ich habe keine Angst. Normalerweise muß man jetzt Angst haben. Ich denke nur: das hat jetzt kommen müssen. Am besten verhalte ich mich ruhig. Sie können alles mit mir machen, ich darf nur keine Angst zeigen, der Schrank steht offen, sie scheinen etwas zu suchen. ›Ich will dich da nicht reinziehen‹, sagte er. Jetzt verbindet mich wieder etwas mit ihm. Vielleicht hat die Tabakhand ihn auch angefaßt. Vielleicht bin ich jetzt nicht mehr alleine. Ich fühle mich fast erleichtert. Der andere ist jetzt näher gekommen. Alles ist schräg. Alles ist pure Wirklichkeit. Er schlägt die Bettdecke zurück, während der andere mit der freien Hand meine Handgelenke umklammert. Knochen auf Knochen. Nackt liege ich vor ihnen da. Ihr dunkles Schweigen beunruhigt mich. Meine Haut ist dünner als Papier. Wie leicht kann man da durchstechen, reinschießen, aufreißen. Kein Schutz. Ich weiß, was jetzt kommt. Ich muß so tun, als hätte ich Spaß daran, überlege ich, dann haben sie später keinen Grund, mich zu töten, zum Beispiel. Hoffentlich hören sie nicht, wie stark mein Herz klopft. Es ist so leise im Raum, es klopft immer unüberhörbarer, das müssen sie doch hören. Warum kann man das Ding nicht abstellen? Das tickt verräterisch. Einer preßt jetzt meine Brüste. Das tut mir weh, ich gebe ein lustvolles Geräusch von mir. Der, der meine Brüste quetscht, lacht leise auf. Es gefällt ihm. Das ist gut. Jetzt zieht er sich die Hosen runter. Schweine, denk ich kalt, Schweine. Zwei gegen ein wehrloses Stück Fleisch. Aber ich werde es überleben. Man überlebt alles. Man kann immer alles wunderbar überleben. Ich werde versuchen, mich, bis sie verschwinden, von meinem Körper zu lösen. Der gehört mir nicht. Das, was da liegt, gehört niemandem. So geht es. Das, was da liegt, ist ein totes Stück Mensch. Die Tabakhand hält noch immer meinen Mund zu. Ich muß wieder lustvoll stöhnen, sonst fällt es auf. Warum dringt der andere nicht endlich in sie? Er nähert sich dem Kopf. Was will er da? Gott, lieber Gott, er steckt mir seinen Schwanz in den Mund. Dicker stinkender Schwanz, das ist schlimmer als alles. Die Tabakhand holt sich jetzt einen runter, lieber Himmel, das kann doch keiner aushalten. Mir dreht sich der Magen um. Nur nicht kotzen jetzt, dann ist alles aus, ruhig atmen, das ist nicht mein Mund, ich bin gar nicht da. Ich muß weit, weit weg sein. Die Tabakhand schlägt ihr nasses Glied auf ein nacktes Bein. Immer wieder, fast muß ich lachen. Das kann eine doch nicht erschüttern. Nichts riechen, nichts schmecken, nichts spüren. Rein und raus rutscht der fremde Schwanz im fremden Mund. Drauf und wieder drauf klatscht der andere auf dem fremden Bein. Jetzt werde ich ruhig. Erschreckend ruhig. Meinetwegen können sie die da auch auswischen. Es ist nicht wichtig. Nichts ist wichtig. Es wird nicht ewig dauern. Nichts dauert ewig. Das ist schön. Da grunzt einer wie ein Schwein. Eine warme Soße läuft aus ihrem Mund. Nur nicht kotzen. Kotzen kann sie später. Sie liegt da, aber ein Ich ist weit weg. Das ist lustig. Die kann man gut reinlegen. Wenn die wüßten... wissen die etwas? Jetzt zieht er den Schwanz aus ihrem Mund. Schon fertig? Die warme Brühe läuft über ihren Hals, da tropft was auf das Bettlaken. Keiner hält mehr einen Mund zu. Was jetzt. Jetzt flüstern sie wieder, ich bin euch nicht böse, atmet mein Körper und räkelt sich genußvoll, um sie beruhigt zu halten. Da lacht wieder einer. Weshalb lacht der? Merkt der was? Ich schließe die Augen. Wieder habe ich das Gefühl, mich übergeben zu müssen, alles dreht sich... nein! Sie müssen erst draußen sein, dann darf sie. Den Atem anhalten und orientierungslos schweigen... Die Tür fällt ins Schloß. Was bedeutet das? Vorsicht. Das könnte eine List sein. Um mich zu prüfen. Wenn ich jetzt überstürzt handle und sie sind noch hier, werden sie die Maske abreißen. Die sind ja nicht dumm. Ich höre nichts. Langsam hebe ich die Lider, blinzle durch die Wimpern in den Raum. Niemand zu sehen. Jetzt öffne ich die Augen ganz. Keiner mehr da. Der Geschmack von salzigem Samen dringt in mein Bewußtsein. Ekel. Mich ekelt vor mir. In den Mund! Das nimmt mir fast die Luft. Nicht daran denken, vielleicht stehen sie vor der Tür. So leise wie möglich spucke ich aus, wische mir den Mund ab und stelle mich an die Tür, um zu horchen. Ich muß es schaffen abzusperren, höre ich da wen atmen? Oder bin ich das selbst? Ich schleiche mich ans Fenster, vorsichtig blicke ich auf die Straße. Weit und breit kein Mensch zu sehen. Ich weiß, sie stehen vor der Tür. Auf dem Tisch liegt der Zimmerschlüssel. Habe ich nicht abgesperrt? Jetzt fällt es mir wieder ein... Werner. Wo ist Werner? Was bedeutet das alles? Da, der offene Schrank, der Inhalt des kleinen Koffers auf dem Boden ausgekippt, zwei Fremde, in meinem Kopf rast ein Zug. Ich muß erst wissen, ob sie noch da sind. Ich nehme den Schlüssel und gehe wieder auf Zehenspitzen zur Tür. Kirchenstille. Ich spähe durch das Schlüsselloch. Im Gang ist es dunkel. Ich muß es riskieren. Langsam stecke ich den Schlüssel ins Loch, einen Schwanz in die Möse, drehe ihn blitzschnell um und presse mich an die Wand. Nichts passiert. Sie sind weg. Stoßweise den Atem auslassend, sinke ich ewig an der Wand entlang zu Boden. Was ist geschehen? Der Zug hämmert, keiner hält ihn auf. So etwas nennt man Vergewaltigung. Wie gut, ich habe ein Wort. Das hat einen klaren, sachlichen Namen: Vergewaltigung. Ver – gewalt –... Vergewaltigung passiert alle Tage. Das ist nichts besonderes. Man liest davon oft. Jeder passiert das mal. Tiere! In den Mund! Nicht daran denken. Der Rotwein ruft. Ich erhebe mich auf schwachen Beinen, gehe zum Tisch und nehme einen großen Schluck aus der Flasche. Jetzt alles runterspülen. Der Rotwein stoppt den Zug. Noch einen Schluck. Alle Spuren beseitigen. Es schmeckt in meinem Mund nach Rotwein. Der stinkende Samen schwimmt jetzt im Magen. Was geht mich mein Magen an. Ich reiße das Laken vom Bett und stopfe es in die hinterste Ecke vom Schrank. Ich räume den Koffer wieder ein und stelle ihn ordentlich an seinen Platz zurück. Was noch? Suchend blicke ich um mich. Fenster auf. Licht an. Radio einschalten. Sie spielen irgendeinen Rock. Sehr gut. Nur nichts verlogen Sanftes. Damit kann man doch fertig werden. Ich stelle mich unter die Dusche und lasse minutenlang das warme Wasser auf mein Gesicht, auf meinen Körper prasseln. Ich habe einen Schwindel. Das kommt sicher vom Rotwein. Ich werde sofort das Hotel verlassen. Ich werde das Auto hier lassen und mit dem Zug nach Deutschland zurückfahren. Im Zug sind viele Fremde... ich werde mit dem Auto fahren. Wenn Werner zurückkommt, wird er ja wissen, daß ich mit dem Auto nach Hause abgereist bin. Ich werde eine Nachricht im Hotel lassen. Wie gut, daß ich Geld habe. Ohne Geld kann man verrecken. Ich kann meinen Körper nicht ansehen. Es ist nicht so einfach, sich abzutrocknen, ohne sich dabei anzusehen. Mir ist peinlich. Alles ist mir so entsetzlich peinlich. Das ist das Gefühl, das ich mit meiner Geschäftigkeit zu verdrängen suche. Peinlichkeit. Darüber muß ich jetzt nachdenken. Ich verberge mich in dem großen weißen Hotelhandtuch und setze mich auf die Toilette. Scham. Peinlichkeit. Ich schäme mich bis auf den Grund meiner Seele. Für das Theater, das ich veranstaltet habe. Für meinen Ekel. Für meinen Mund. Für Schwänze. Schwänze, hämmert es in meinem Kopf. Ich will das Wort nicht denken. Schwänze. Wo ist Werner? Schwänze. Das denkt von alleine. Ich muß Koffer packen. Seine werde ich zum Pfört-

ner stellen. Schwänze. Wenn das nicht aufhört, muß ich schreien. Schwänze. Was mache ich als erstes? Ausziehen. Schwänze, nein, Schwänze, Schwänze, Schwänze, da schreit jemand, Schwänze, Schwänze, das bin ich, ich schreie und schreie und schreie... endlich schreie ich.
Es klopft. Lautes Getrappel auf dem Gang. Das ist Werner. Endlich hat es aufgehört zu brüllen. Das hat in meinen Ohren geschmerzt. Ich gehe zur Tür und öffne. Da steht ein fremder Schwanz mit besorgtem Gesicht. Hinter ihm stehen noch welche, in Schlafanzügen. Die Musik ist zu laut. Ich kann nicht verstehen, was sie sagen.
»Moment«, beschwichtige ich sie, »ich muß die Musik erst leise machen«. Ich frage mich, was sie von mir wollen. Der Leitschwanz sagt etwas auf englisch zu mir, was ich nicht verstehe. Franzosen sollten kein Englisch sprechen. Ich werde ihnen einen Schluck Rotwein anbieten, um zu zeigen, daß alles in Ordnung ist. Während ich die Flasche packe, fällt mein Blick auf das kleine Geschenk. Ich möchte es endlich los sein. Ich nehme es und gebe es einem von ihnen. Er sieht mich so verdutzt an, darüber muß ich lachen. Jemand packt mich an der Schulter. Das nicht! Sie dürfen sich jeden Spaß erlauben, aber anfassen darf mich keiner mehr. Wütend schüttle ich die Hand ab und setze mich mit meiner Flasche aufs Bett. Alles Schwänze hier. Ich möchte, daß sie verschwinden, daß ich endlich Koffer packen kann. Was stehen sie da und glotzen? Was gibt es da zu glotzen? Gut, ich werde mitspielen, daß sie mich in Ruhe lassen.

»Jetzt geht mal alle wieder ins Bett«, sage ich zu ihnen, (wieviel sind es eigentlich? Es scheinen mehr geworden zu sein) »ich habe schlecht geträumt und muß jetzt schlafen. Sleep. You understand?« Wie dämlich sie mich ansehen, wie die Kühe auf der Weide. »Sleep, o.k.?« Ich lächle ihnen perfekt in die Visagen und knalle ihnen die Tür vor der Nase zu.

So. Endlich Ruhe hier. Jetzt ist Schluß damit, daß hier jeder eindringen kann, wie es ihm paßt. Ich sperre ab. Was habt ihr da draußen noch zu quatschen, denke ich, ihr da draußen, ich hier drinnen. So ist es richtig. Während ich mich anziehe, ist mir, als würde ich etwas Wichtiges vergessen. Es fällt mir nicht ein. Ich wollte etwas Wichtiges denken. Gedanken. Gedanken kann man nicht essen. Ich packe meine Sachen zusammen. Ich habe die Nase voll. Seine Sachen lasse ich einfach hier stehen. Ich muß nur sehen, daß ich unbemerkt beim Pförtner vorbeikomme. Dann bin ich erlöst. Ich darf nur an keinen echten Werner denken. Außerdem könnte das ewig dauern, bis er endlich kommt. So lange kann man nicht warten. Ewig nicht, fällt mir ein. Der Gedanke macht mir Spaß, den ich da vorhin hatte. Ich habe viel zuviele Kleider mitgenommen. Nichts dauert ewig. Nichts ist ewig. Oder: Ein Ewig ist ein Nichts. Ich muß ihm einen Zettel schreiben. Nur was? Was kann man da schreiben. Ich reiße mir ein Stück von der Klorolle ab und schreibe: »Geliebter, Geliebter, was ist passiert? Wir werden uns wiedersehen«, wir werden uns wiedersehen, das ist wahr, »bis bald,

Deine Pol.« Ich stecke das Papier in seinen kleinen Koffer. Was geht mich ein Geliebter an. Alles fertig. Auf dem Gang ist es ruhig und dunkel. Ein letzter Blick in das Zimmer, dort haben wir zusammen gelegen, ich habe alles eingepackt. Ich schleiche mich die stumme Treppe herunter. Darin bin ich geübt. Wie oft ich Treppen heruntergeschlichen bin, um Mama auszutricksen. Beim Pförtner ist Licht, aber niemand zu sehen. Was für ein Glück. So sind sie also vorhin reingekommen, die Tabakhand und der Schläge-Schwanz. So einfach war das. Man ist nirgends geschützt, fällt mir auf. Man kann sich nur selber schützen. Niemand hält mich auf, unbemerkt verlasse ich das Hotel. Es hat aufgehört zu regnen, und die frische Luft läßt meine Beine rennen. Ich setze mich ins Auto und fahre los. Weg, nur weg von hier.
Ganz sachte ist ein Morgenschimmer wahrzunehmen. Alles ruht aus. Kaum ein Auto, kaum einer, der da läuft. Während ich durch die schlafende Stadt fahre, lasse ich ungläubig die letzten zwölf Stunden an mir vorüberziehen. Da ist vieles, was sich nicht entwirren läßt, an jeder Frage stoße ich mir den Kopf. Ich habe noch den falschen Kopf auf. Ich muß verrückt geworden sein! Einer kann doch nicht einfach fortfahren und so tun, als sei nichts passiert. Mir ist, als hätte sich ein Band durchschnitten. Mein Fuß bleibt auf dem Gashebel, ich kann nicht mehr zurück. Vor mir leere Straßen, erholsam leer, und hinter mir der Hölle entronnen. Ich halte einen Zipfel Vernunft in meinen Händen, aber nichts in mir wird

danach handeln. Ich wäre fähig, jeden zu töten, der sich meiner Flucht in den Weg stellt. So auch die Gedanken. Ich sage mir einschmeichelnd, ich muß mich jetzt lassen, vielleicht kehre ich später um. Erst muß ich gesund werden, dann... mein Herz zieht sich schmerzhaft zusammen, ich wage nicht über dieses Dann zu grübeln.
Der Tank ist fast leer. Wenn ich auf der Autobahn bin, werde ich an der nächsten Raststätte halten, auftanken und frühstücken. Langsam wird es heller. Ich komme in die Randgebiete von Marseille. Bleiche Gesichter machen sich auf den Weg zur Arbeit. Da kriechen sie wieder aus ihren Löchern, die Ahnungslosen. Tag für Tag, Jahr für Jahr. Da spielt es sich ab. Ich fahre hier durch, als gäbe es nichts, was mich noch mit denen verbindet. Als sähe ich nur die Auswirkungen von Regeln, deren Ursprung ich nicht einmal erahnen kann. Da schläft es, klingelt es, wacht es auf, zieht sich an, frißt und scheißt, trottet wohin, macht und tut, kehrt zurück, frißt, brabbelt und geht wieder schlafen. Und das scheint sogar zu wissen, weshalb. Das ist mir haushoch überlegen. Ich sehe sie an stummen Bushaltestellen stehen und beneide sie. Meine Zigarettenschachtel ist leer.
Ich habe eine Tankstelle gefunden, an der sich eine kleine Imbißstube befindet. Eine kleine kühle Imbißstube, in der zwei Arbeiter sitzen, in der ein ruhiger, zufriedener Familienvater Tankwart und Bedienung in einem ist. Ein kleines Mädchen sitzt auf einem Hocker an der Theke und läßt die Beine baumeln. Es

spielt mit ein paar Spielzeugautos, während die junge, frische Mutter in der Küche Sandwiches bereitet. Kleine Mädchen wissen nichts von dicken Hoden. Mir scheint, ich habe noch nie so guten Kaffee getrunken, tunke in ihn das noch warme Croissant, wie es alle tun. Tun, was alle tun. Das ist Geborgenheit. Mir ist kalt und ich wäre gerne an einem Ort, an dem ich für einen kleinen Moment vergessen kann, einen Moment die Ordnung der anderen leihen, mich ausruhen. Und dann weiter. Es treibt mich. Das heißt nicht nach vorne, das heißt nicht zurück. Es treibt mich, aber ich erkenne nicht, wo das hinaus will. Wie ich mir diese junge Familie ansehe, denke ich, die haben sich addiert, die verfaulen nicht. Eines kann nicht aus sich heraus existieren.
Ich gehe auf die Toilette, um mich zu schminken. Ich kann es nicht leiden, wenn sich mein Gesicht grau anfühlt. Während ich mir die Lippen anmale, erinnert es sich mir. Blutrot leuchtet mein Mund aus dem Spiegel heraus. Mir wird eiskalt. Ich lasse den blutigen Mund im Spiegel stehen und kehre schnell an meinen Tisch zurück.
Hier sitze ich. Ich sitze nun da. Große Gefühle werden hier platt, wie zerquetschte Mücken. Das Kind klappert schweigsam mit seinen Spielsachen, sachte Gesprächfetzen plätschern aus den Mündern der Arbeiter zu mir. Die Frau streicht noch immer Sandwiches, und ihr Mann steht jetzt an der Tanksäule und fertigt einen Wagen ab. Hellblaue Wände und eine ordentlich polierte Theke. Was für eine ange-

nehme kühle Luft, ich habe nicht einmal Lust zu rauchen. Der eine der beiden Arbeiter hat eine Narbe am Kinn. Für mich ein Zeichen seiner Geschichte, für ihn hingenommene Vergangenheit. Ich bestelle eine zweite Tasse Kaffee bei der Mutter. Sie lächelt vage und geht zur Kaffeemaschine hinter der Theke. Jeder Handgriff lange geübt, routiniert ausgeführt. Sie bringt mir die Tasse ohne jede Freundlichkeit, ohne jede Bosheit.

»Merci«, sage ich, ihre Lauheit nicht stören wollend. Ich betrachte ihre breiten Hüften, versteckt unter einer Kittelschürze, während sie zu ihren Sandwiches zurückkehrt. Da ist auch nichts anderes drin als bei mir, überlege ich, Gebärmutter, Eierstöcke, ein wenig Darm, Blut, Nerven, was macht denn da den Unterschied. Ich rühre den Kaffee um, wie ich es tausendfach bisher getan habe. Mich juckt es am Knie, und ich kratze daran, wie es jeder tun würde, den es am Knie juckt. Was hat sich verändert. Einer bleibt eine Nacht lang fort, wie es dann und wann vorkommt. Man wartet, macht sich Sorgen, bis er endlich wiederkehrt und eine Erklärung abgibt. Möglicherweise. Was hat sich verändert? Ich sitze kalt da und passe in kein System.

Der Ehemann betritt wieder die Imbißstube und ich blicke gleichgültig auf die Ausbuchtung seines Geschlechts in seiner Hose. Der treibt es auch. Natürlich. Die zwei heute nacht wußten es nicht besser. Die zwei heute nacht krochen wie die Ratten aus der Kanalisation und sind schon wieder darin verschwunden. Offensichtlich lebe ich noch. Was hat sich verändert. Ich rufe den Mann, um zu zahlen. Sein Mund bewegt sich leicht, als er zusammenrechnet.

»Huit Franc, cinquante«, sagt er und seine Zungenspitze leckt schnell über seine Unterlippe. Da. Jetzt habe ich ihn erwischt! Ich unterdrücke ein Lachen und gebe ihm zehn Franc. Seine kleine gierige Zungenspitze hat seine Ordnung Lügen gestraft. Der Schein trügt, trügt, trügt. Ja, das hat sich verändert. Sein Tag-für-Tag-System mit Frau und Kind kann mich nicht täuschen. Seine kleine Zungenspitze macht mir Mut. Ich stehe auf, sage freundlich in den Raum:

»Au revoir.« Man brummt mir ebenso freundlich zurück, ich gehe zum Wagen, starte und fahre los. Es gibt kein Zurück. Weiter. Ich fahre Richtung Italien. Irgendwas ist nicht mehr zu reparieren. Ich glaube keinen Regeln mehr. Vielleicht werde ich später am Meer halten. Rechts von mir zieht sich die alte Küste. Der Tag wird himmelblau, Palmen biegen sich sanft im Wind, mir schießt es euphorisch bis in die Zehenspitzen. Das Meer atmet gleichmäßig, und ich bin nicht mehr auf der Flucht, es gibt nichts mehr, wonach ich mich sehne, ich befinde mich auf der anderen Seite. Das Auto rollt von alleine, bereit, die Schallmauer zu durchstoßen. Und die bleichen Worte, die mir befehlen wollen, ich müsse zurück und handeln, wie jeder handeln würde, lösche ich mit der Gewißheit: VOR mir wird sich alles fügen. Und während ich so Kilometer für Kilometer hinter mich bringe, kippen heimlich die Gesetze von Ort und Zeit um. Da liegt ein Nichts hinter mir, das sich immer weiter von mir entfernt: nicht ich bin es, die über die Autobahn rast, sondern die Straße zieht sich unter mir nach hinten durch, zeigt mir so den einzig möglichen Weg. Etwas legt sich schwer auf meinen Fuß, das Gaspedal ist ganz durchgedrückt. 150, 160, 180, mehr gibt der Wagen nicht her. Ich zünde mir eine Zigarette an, um mich besser konzentrieren zu können. Der Ritt auf dem Strahl fordert höchste Klarheit, wenn ich mir nicht das Genick dabei brechen möchte. Ich bin hellwach, nur meine Augen. Meine Augen sind schwer, immer wieder saugen sie sich an einem Punkt fest, von dem ich sie mit aller Gewalt wieder auf die Straße ziehen muß. Und blikken sie länger geradeaus, verformen sich die Dinge, die rechts und links von mir vorbeiflitzen. Da quellen die merkwürdigsten Gestalten aus ihren gewohnten Formen. Schwarze Arme, die sich blitzschnell aus meinem Gesichtsfeld schlängeln. Immer wieder dunkelgraue Gestalten, die sich in Nichts auflösen, wenn ich sie fixieren möchte. Bäume, die zu großen Köpfen werden, die wie losgelassene Luftballons sanft in den Himmel entschweben. Ich bin unschuldig, wie seltsam. Ich bin niemandem Rechenschaft schuldig. Niemandem schuldig und unschuldig. Ich trage keine Verantwortung. Die trägt sich von alleine. Die ist zwei Meter über mir aufgehängt. Direkt neben der Entscheidung. Da hängen sie und die Befreiung von

dieser verlogenen Last läßt mich groß und immer größer werden, das Auto scheint fast zu platzen. Ich atme durch die Zehenspitzen, ganz Rohr, und bin mir wertloser als mein Zigarettenrauch. Wie lange fahre ich schon? Oder wieviel näher bin ich einem Ziel gekommen? Jeder Zweifel, jeder Schmerz bröckelt von mir ab. Ich werde nicht mehr am Meer halten müssen. Das würde nur aufhalten. Die Erinnerung an die letzten Tage vergilbt wie die Fotografien unbekannter Großmütter.
Ich lehne entspannt meinen Kopf an die Kopfstütze. Mit ausgestreckten Armen halte ich das Lenkrad. Jetzt das Gefühl: ganz eins mit dem Wagen sein. Nichts wird mir passieren. Jetzt erkenne ich, wenn man nicht einen anderen Gesichtspunkt gewinnt, wird man sich nie zu Ende gefickt fühlen. Und das Ich-Auto, das Auto-Ich rast weiter. Vor ihm liegt eine Pointe einer endlosen Reihe nicht zu Ende Geficktem. Die Fotografie wird immer vergilbter, ihre gezackten Ränder beginnen sich zu rollen. Rechts und links schießen die Bäume vorbei, das Auto-Ich bereitet sich darauf vor, sich dem Strahl zu schenken, ich lasse das Lenkrad los und spüre nur noch einen dumpfen Schlag im Kopf, bevor sich alles in schwarzen Blitzen auflöst...

III

Da redet was. Glaube ich. Mir ist so schlecht. Ich habe Durst. Vielleicht kann mich das verstehen... es ist schwer. Durst. Mein Mund kann nicht sprechen. Schchschschschhh. So schwer. Ich versuche, die Augen zu öffnen. Klebt. Die Lider kleben. Kiloschwere Lider. Jetzt bewegt sich etwas. Schschschschhh. Ein Weiß. Mit Kopf. Oder. Es ist verschwunden. Ich falle zurück ins Nichts.

Auf der hellen Wand gegenüber ist ein Fleck. Kinderkopfgroß. Er scheint je nach Tageszeit seine Form zu ändern. Heute morgen brüllte da ein alter Mann, seine Hängebacken bebten vor Freude. Gegen Mittag fing er an, mich zu ärgern: seine Knollennase beulte sich aus, größer und größer, bis sie zu einer überdimensionalen Brustwarze wurde, aufgepfropft auf einer kleinen faltigen Brust. Und vorhin, als eine Schwester Licht machte, wurde der Fleck zu einem Fesselballon, den der starke Wind zur Schräglage bläst. Ich spüre die frische Bö auf meinen Wangen. Heute morgen kam ein weißer Kittel und erklärte in

gebrochenem Deutsch, ich sei drei Tage bewußtlos gewesen. Dann kamen andere, wechselten den Schlauch aus, schoben mir eine Schüssel unter den Hintern, zum Pinkeln. Ihre Gesichter schaukelten vor meinen Augen.
Der weiße Kittel beugt sich über mich. Ich erkenne ihn wieder. Diese buschigen Augenbrauen sprachen heute morgen schon mit mir. Sie stechen mir in die Augen, ich blicke schnell auf meinen Fesselballon.
»Haben Sie Telefonnummer von Familie?« sticht er. Eine ganze Familie habe ich nicht, bloß nicht diese Mama, denke ich, ich will versuchen, ihm zu helfen. Wen möchte er anrufen? Meine Beine schmerzen.
»Was ist mit meinen Beinen?« frage ich den Ballon.
»Sie haben großen blauen Fleck und rechts eine Oberschenkelfraktur. Sie haben viel Glück. Nur Gehirnerschütterung und die Beine.«
Viel Glück...
Ich bin müde. »Haben Sie Familie, eine Nummer«, scheppert es in meinen müden Kopf. Ja, richtig, deshalb geht er nicht, Katja, mir fällt nur Katja ein, Katja, das klingt hier angenehm...
»Katja, das ist meine Freundin.«
»Katja...« er wird keine Ruhe geben. Die Nummer, wie war die Nummer? Ich möchte schlafen, viel schlafen, der quält mich, mit seinen ekelhaften Augenbrauen. Meine Hirnwindungen sind voller Haare. Ich nehme alle Kraft zusammen und bohre mich in Erinnerung... 764829. So ist das. 764829. Jetzt noch reden, dann habe ich es geschafft.
»764829!«

»Wo?« fragt er. Das ist einfach. Ich nenne ihm die Stadt. Jetzt wird für mich gesorgt. Ich höre seinen Schritten zu und schwimme schon im Schlaf.

Sie ist gekommen. Die Tür ging auf, ich dachte, ich sollte wieder in die Schüssel pinkeln, statt dessen stand Katja in der Tür. Ihr Lachen stach mich in den Schädel.
Die letzten zwei Tage habe ich viel geschlafen. Weiße Tage mit schmerzenden Beinen und erschüttertem Hirn, umnebelt von dem dumpfen Rhythmus der Krankenstation. Kein Denken, keine Gefühle. Ja, sie ist gekommen, aber mit ihr auch die Forderung nach Erklärung.
»Ich habe ein Hotel genommen«, antwortet sie auf meine mühsam gestellte Frage, wie lange sie bleibe, »Joschko hat mir das Geld geliehen. Ich bleibe solange, bis du entlassen wirst.« Joschko... Katja... so fern und das wenige, das ich ihr erzählte, hat mich schon erschöpft, keine Kraft für Dankbarkeit, nur ihr unbeeindrucktes Da-Sein hält meine Tränen zurück.
»Ich laß dich jetzt, schlaf schön, morgen früh komme ich wieder.« Sie versteht.
Die Tür fällt ins Schloß, sie ist schon unwirklich geworden. Ich höre noch den gesprochenen Worten nach, bis auch sie sich verflüchtigt haben. Nur der Fleck an der Wand zeugt für ein Stück Wirklichkeit. Ich habe keine Fragen. Ich halte mich fest an meinem angenehm flüchtigen Zustand. Träume lieber vom eisgekühlten Bier, das Katja jeden Tag mitbringen will.

Kleine Fortschritte: Aufrecht sitzen, Lachen ohne Schmerzen, Erinnerungen. Ich beginne vorsichtig auf der kleinsten Stufe, große Gedanken und Gefühle kleben am Baum, wie die Reste des Autos und mein Blut. Katja kommt jeden Tag, und wir umgehen geschickt aufwühlende Fragen. Sie erzählt Belangloses, möchte Belangloses von mir wissen. Und langsam nehme ich wieder an Realitäten teil.

»Warst du im Hotel?« Gestern war es soweit, ich gab ihr die Adresse, bat sie nachzuforschen.
»Ja...«
»Und?« Ich konnte es kaum erwarten, bis sie heute kam um mir zu berichten. Wir sitzen bei einer Dose Bier auf dem Bett. Göttliche Dose Bier. Sie zögert.
»Mach schon.« Ich bin mehr Neugierde als Gefühl. Katjas Augen funkeln.
»Er war dort, hat die Rechnung bezahlt und seine Koffer mitgenommen.« Schlag im Kopf. Kopf im Schlag. Nein. Langsam.
»Sag jetzt nichts, gib mir eine Zigarette«, stolpert aus meinem Mund. Sie guckt. Wartet. Ich warte auch. Auf einen Sinn. Ein Schluck Bier. Er war dort. Er lebt. Natürlich lebt er. Die ersten Züge an einer Zigarette seit zwei Wochen. Meine Fingerspitzen sind berauscht. Ich verstehe nicht.
»Hat er etwas hinterlassen? Hat er etwas zum Portier gesagt?«
»Er sei am nächsten Mittag gekommen, sagt der Portier, und er sei sehr aufgeregt gewesen wegen seinem

Auto, sagt er, immer wieder hätte er gefragt, wo sein Auto sei...«
»Und von mir? Hat er nicht nach mir gefragt?«
»Nichts.« Sein Auto? Sein Auto ist verschrottet. Ich ahne, kann es noch nicht greifen. ›Geschichten ohne Ende, wenn, dann tödlich.‹ Nein, denke ich, nein... Katja und ich sehen uns an. Sie ahnt auch.
»Katja, die Typen, was sie gesucht haben...«
Sie nickt. Ich sehe das Zimmer in jener Nacht vor mir, als sei es gestern gewesen, sehe genau die Schemen, die durchwühlten Koffer...
Im Auto. Was auch immer sie gesucht haben: im Auto. Ich bin jetzt sicher. Es kann sich in mir nicht entschließen zu schreien oder zu lachen. Ich denke an die Fahrt, an meinen Unfall. Um Katjas Mundwinkel zuckt es verdächtig. Das Auto. Verschrottet und weggeworfen. Er. Was für ein Ding wollte er drehen? Was hatte ich mit ihm zu tun? Ich sehe ein zusammengepreßtes Blechhäuflein, und ich habe einem einen Strich durch die Rechnung gemacht. Mehr nicht. Mehr nicht? Ein Gelächter ballt sich in meinem Bauch zusammen, während ich mein unsagbar banales Gipsbein betrachte, steigt immer höher, ich will es nicht, will weinen, mein Fühlen jene Nacht, das Auto - Ich, meine Wahrheiten zusammengeschmolzen mit dem Blechding, das gibt keinen Sinn. Dieser Witz hat eine unsinnige Pointe, und endlich bricht das Gelächter aus meinem Hals, knallt an die Wände und zurück. Mir laufen die Tränen vor Lachen.

»Katja, wenn wir zurück sind, weißt du, was wir dann machen werden?«
»Was...« lacht sie.
»Wir leben einfach weiter. Prost!« Und der Fleck an der Wand ist einfach nur ein Fleck. Ich schütte mein Bier in seine Richtung, jetzt sind es zwei.

Uwe Timm
Der Mann auf dem Hochrad

Coburg Ende des vorigen Jahrhunderts: Ein Mann, der Präparator Schröder, besteigt ein Hochrad, schwankt, fällt, steigt wieder und wieder auf und lernt schließlich die hohe Kunst des Hochradfahrens. Diese Pioniertat bringt die Kleinstadt in Bewegung. Der Fortschritt, den Schröder auf wunderbare Weise in dem Hochrad verkörpert sieht, spaltet die Bevölkerung in Anhänger und Feinde. Ideologien formieren sich, soziale Barrieren werden überschritten, menschliche Beziehungen verwirrt. Ungeheuerliches geschieht: Anna, die Präperatorsgattin, fährt im syrischen Unterkleid durch die Stadt, während ein Freifräulein vom herzoglichen Hof bei ihren Versuchen, frei zu fahren, immer wieder in Schröders Arme sinkt.
Uwe Timm erzählt eine Familienlegende, die einen wahren Kern hat, die Geschichte von Onkel Franz, der nicht nur das Hochradfahren in Coburg einführte, sondern auch den eigenwilligen Versuch unternahm, die Tiernachbildung aus ihrer Starrheit zu befreien. Timm gibt dieser originellen Gestalt etwas von der Besessenheit, die alle großen Entdecker und Erfinder auszeichnet. In der kleinstädtischen Enge jedoch werden seine Höhenflüge schnell gebremst.

k&w
Kiepenheuer & Witsch

KiWi

Paperbackreihe bei Kiepenheuer & Witsch

Michael Schneider
Nur tote Fische schwimmen mit dem Strom
Essays, Aphorismen und Polemiken.
KiWi 53

Originalausgabe

Michael Schneider, bekannt geworden durch seine Essays und die Erzählung *Das Spiegelkabinett,* setzt mit diesen Essays die kultur- und generationskritische Linie seiner letzten vieldiskutierten Aufsatzsammlung *Den Kopf verkehrt aufgesetzt oder die melancholische Linke* fort. Hauptgegenstand seiner kritischen Analysen und gewitzten Polemiken ist der zeitgenössische Katastrophismus und seine Rückwirkungen auf den westdeutschen Kulturbetrieb mit seinen restaurativen Tendenzen. Schneider kritisiert das »depressive Stimmungskartell« des herrschenden Feuilletonismus, den zunehmenden Substanzverlust unserer Theaterkultur und den Verfall der Literaturkritik. Am Beispiel Brechts weist er den modischen Wechsel pauschalisierender Bewertungen nach und sucht auch andere liebgewordene Klischees und Legendenbildungen (bei Horvath, Kafka, Kunert, Strauß u. a.) zu revidieren.